LE MASQUE
Collection de romans d'aventures
créée et dirigée par
ALBERT PIGASSE

POUR SES BEAUX YEUX

Liste alphabétique complète des

Romans d'Exbrayat

(Masque et Club des Masques)

	Masque	Club des masques
Aimez-vous la pizza?	700	55
Amour et sparadrap	680	21
Les amours auvergnates	1001	506
Les amoureux de Léningrad	1061	157
Au " Trois Cassoulets "	1154	229
Avanti la musica	715	43
La balade de Jenny Plumpett	1481	
Barthélemy et sa colère	854	354
La belle Véronaise	1210	268
Les blondes et papa	727	126
Bye, bye, chérie	1330	562
Caroline sur son banc	1556	
Ce mort que nul n'aimait	625	133
Ces sacrées Florentines	1046	147
C'est pas Dieu possible	1308	544
Cet imbécile de Ludovic	674	85
Chant funèbre pour un gitan	1012	145
Le château des amours mortes	1608	
Chewing-gum et spaghetti	665	12
Chianti et Coca Cola	897	33
Le clan Morembert	1098	520
Le colonel est retourné chez lui	875	170
Les dames du Creusot	904	398
Le dernier des salauds	958	454
Des amours compliquées	1457	
Des demoiselles imprudentes	721	369
Des filles si tranquilles	1123	529
Deux enfants tristes	1423	555
Dors tranquille, Katherine	762	286
Les douceurs provinciales	1744	51
Elle avait trop de mémoire	583	27
En souvenir d'Alice	1469	
Encore vous, Imogène?	753	118
Espion où es-tu? M'entends-tu?	1761	98
Et qu'ça saute!	1751	106
Félicité de la Croix-Rousse	1033	215
Les fiançailles d'Imogène	1176	197
Les filles de Folignazzaro	797	360
Fini de rire, fillette	1512	568
La haine est ma compagne	1634	
L'honneur de Barberine	1741	
La honte de la famille	831	478

	Masque	Club des masques
Il faut chanter, Isabelle	992	498
Imogène est de retour	706	110
Imogène et la veuve blanche	1406	571
Imogène, vous êtes impossible	801	140
L'inspecteur mourra seul	638	19
J'aimais bien Rowena	1345	575
Joyeux Noël, Tony	1768	63
Ma belle Irlandaise	1719	
Mandolines et barbouzes	1805	80
Marie de nos vingt ans	1380	
Méfie-toi, Gone!	741	67
Les menteuses	1141	223
Les messieurs de Delft	839	312
Mets tes pantoufles, Romeo	1713	
Mortimer, comment osez-vous?	969	294
Ne vous fâchez pas, Imogène	647	75
Le nez dans la luzerne	1597	
Notre Imogène	1070	165
La nuit de Santa Cruz	592	378
Olé! toréro	788	303
On se reverra, petite	824	47
Le petit fantôme de Canterbury	1392	
La petite fille à la fenêtre	1188	239
Plaies et bosses	919	59
Le plus beau des Bersagliers	779	88
La plus jolie des garces	1728	
Porridge et polenta	1291	345
Pour Belinda	975	393
Pour ses beaux yeux	1167	537
Pourquoi tuer le pépé?	1220	256
Le quadrille de Bologne	1821	102
Quand Mario reviendra	1240	318
Quel gâchis, inspecteur	814	39
Qui veut affoler Martine?	1278	336
Le quintette de Bergame	978	181
Le sage de Sauvenat	1667	
Sainte Crapule	1256	327
Le temps se gâte à Zakopane	1840	92
Ton amour et ma jeunesse	1227	247
Tout le monde l'aimait	1086	205
Trahisons en tout genre	1566	
Tu n'aurais pas dû, Marguerite	1430	
Un bien bel homme	1116	277
Un cœur d'artichaut	1536	487
Un garçon sans malice	1782	
Un joli petit coin pour mourir	1020	190
Une brune aux yeux bleus	935	71
Une petite morte de rien du tout	893	414
Une ravissante idiote	1827	114
Une vieille tendresse	1645	
Vous auriez pas vu la Jeanne, des fois?	1755	
Vous manquez de tenue, Archibald	872	384
Vous souvenez-vous de Paco?	616	5
Le voyage inutile	925	441

Exbrayat

POUR SES BEAUX YEUX

Librairie des Champs-Élysées

CHAPITRE PREMIER

Orly. Les roues de l'avion me ramenant de Francfort touchent la piste. Petit choc agréable et qui, ressenti jusque dans les reins, vous affirme que vous avez retrouvé votre place sur la terre. On déboucle les ceintures. Le voyage est terminé qui m'a promené, — sous couleur de placer des produits pharmaceutiques de la maison Nangy — à travers les pays de l'Est. Le S. D. E. C. E. (1), en la personne de son directeur, voulait savoir si les événements opposant les Russes et leurs « amis » n'avaient pas porté atteinte au réseau de nos agents installés là-bas. Une mission de routine, presque des vacances que m'avaient valu douze années de bons et loyaux services. Maintenant, je vais m'offrir huit jours de congé que je passerai sûrement hors de Paris. Tandis que l'avion s'immobilise, je me

(1) Sous ce sigle, les services d'espionnage et de contre-espionnage.

perds dans des songes bleus qui hésitent à se poser sur la Côte d'Azur où la Côte basque... Mais au moment où je sors de l'avion, la silhouette que j'aperçois à mes pieds, au bas de l'échelle, me ramène durement à la réalité. Pourquoi diable mon jeune collègue, Henri Ménonval, est-il venu m'attendre? et comment savait-il l'heure exacte de mon arrivée? Nous sommes amis, sans plus et nos relations privées ne justifieraient en aucun cas sa présence. Donc, il est en service commandé et est venu me communiquer un message ou me chercher. Descendant vers lui, je sens se dissiper mes rêves de vacances maritimes. Ménonval vient à moi, la main tendue.

— Bon voyage?

— Excellent, merci.

— Le directeur m'a envoyé pour vous conduire à lui.

— Quelque chose qui cloche?

Il hausse les épaules.

— Vous n'ignorez pas, mon cher, que le patron n'a pas l'habitude de se livrer aux confidences. Il vous attend, c'est tout ce que je puis vous apprendre et je vous ramène.

Nous avons la chance de trouver une route pas trop encombrée et moins d'une demi-heure plus tard, Ménonval m'arrête devant notre maison. Je descends, remercie mon chauffeur qui me donne rendez-vous pour le soir, dans un bistro du XIIIe arrondissement où en mangeant une nourriture campagnarde, il me parlera de ses dernières conquêtes.

A la vérité, je n'ai prêté qu'une oreille distraite au bavardage de mon cadet. Je suis intrigué par l'impatience du directeur, impatience que la médiocrité de ma mission n'explique pas. Ainsi que tous mes collègues ayant affaire à lui, je suis toujours gêné lorsque je me trouve en présence de M. Duval, mon patron.

M. Duval a les apparences d'un homme âgé, grand, mince, avec des cheveux blancs. Quand il lit, il porte monocle. On le dirait échappé d'une gravure de la Belle Epoque dont il a conservé les manières. Nul d'entre nous ne l'a jamais entendu crier, mais sa politesse, sa courtoisie dont il ne se départit jamais, surtout dans les moments les plus difficiles, vous fichent froid dans le dos. Il considérerait comme un grave manque au respect qui lui est dû, le fait de l'appeler patron ou chef. Pour tous, il est M. Duval et n'entend pas être un autre. On ne sait pratiquement pas grand-chose de lui, sinon qu'il ne s'appelle pas Duval. On ignore son domicile et s'il a une famille. C'est un individu froid, aimable, doué d'une énorme puissance de travail, d'une mémoire d'éléphant et d'un flegme que rien ne saurait entamer. Ceux qui entrent en contact avec lui sortent de son bureau en se demandant si ce type-là a un cœur, une conscience. Nul encore n'a pu répondre à cette question. En bref, un type étrange qui, dans un sourire — comme il vous ferait un cadeau ou vous inviterait à une garden-party — vous envoie tuer un homme quelque part sur la planète.

Naturellement, M. Duval ne tolérerait pas qu'on entrât chez lui sans se faire annoncer par le planton de service, Paul, qui a des allures gourmées parce qu'il s'efforce de copier la raideur distinguée de M. Duval. A ma vue, Paul se lève du petit bureau derrière lequel il lit des journaux sérieux qui l'ennuient, mais dont il estime la lecture nécessaire à son standing.

— Je vais vous annoncer, monsieur Savières.

Quelques secondes plus tard, j'entre dans le saint des saints. La pièce où M. Duval passe le plus clair de son temps ressemble à un coin de club londonien. Les meubles — qui lui appartiennent — sont tous d'authentiques produits du début du XIXe siècle britannique. L'ensemble fait sévère et cossu.

— Bonjour, monsieur Savières, je suis heureux de vous revoir. Asseyez-vous, je vous prie. Alors, content de votre voyage?

— Très, monsieur, en ce sens que je n'ai pas constaté de dégât.

— Tant mieux. Vous voudrez bien me rédiger un rapport et lorsque je l'aurai lu, nous pourrons en parler. En ce moment, j'ai d'autres soucis et des plus graves.

Je ne pipe mot.

— J'ai appris, tout à l'heure, par notre correspondant de Berlin-Ouest, qu'une copie concernant nos travaux sur le wagstram a été annoncée sur le marché.

Je n'ai pas besoin de demander de quel marché il s'agit.

— Vous avez entendu parler du wagstram, monsieur Savières?

— Il ne me semble pas, monsieur.

— C'est le nom de code d'un matériau assez extraordinaire, sur lequel le professeur Laloubère travaille depuis des années, dans le secret le plus absolu. S'il réussit, nous bouleverserons toute la technique de lancement des engins spaciaux. Afin de mettre ces recherches à l'abri des convoitises, nous avons créé à Auch, il y a quatre ans, un laboratoire de recherches camouflé en laboratoire de produits pharmaceutiques et travaillant pour le compte de la maison Nangy dont vous êtes un excellent représentant. Chaque semaine ou presque, des camions en provenance de Paris apportent à Auch des produits et le cas échéant, les appareils nécessaires à la poursuite des travaux et remportent des flacons vides et des caisses pleines de sable. C'est un jeu coûteux. vous devez vous en douter, mais il nous a permis jusqu'ici de sauvegarder notre secret durant quatre annees. Laloubère est entouré d'une petite équipe dont les membres ont été choisis en plein accord avec lui et voilà qu'on me dit que cet énorme travail, ces fantastiques dépenses auraient été faites en pure perte! Cela, monsieur Savières je ne l'admets pas.

— Une fuite?

— Quelle autre explication?

— Des soupçons?

— Aucun, sinon je n'aurais pas besoin de vous, mon cher.

— Parce que...

— Parce que dès après-demain, vous gagnerez Auch et me démasquerez l'individu qui essaie de nous trahir. Une objection?

— C'est-à-dire que je suis du Gers, monsieur et je pense que je serai très vite reconnu par mes compatriotes.

— Ils savent votre métier?

— Ils me croient représentant en produits pharmaceutiques.

— Eh bien! c'est parfait. Vous vous rendez là-bas au vu et su de tout le monde, pour prendre contact avec Laloubère et ses nouvelles découvertes dans le domaine des crèmes de beauté et autres produits plus ou moins rajeunissants, en vue d'une tournée de propagande à l'étranger, notamment dans les pays scandinaves. Donc, vous pourrez vous montrer et serrer toutes les mains qu'il vous plaira de serrer. Installez-vous dans le meilleur hôtel de la ville. La maison qui vous emploie est assez riche pour ne point lésiner sur les dépenses. Seulement, comme c'est moi qui réglerai vos notes de frais, je vous serais fort obligé de ne pas exagérer. J'ai télégraphié à Laloulère de prendre le train ce soir à Toulouse, qu'une chambre lui était réservée au Royal-Alma, rue Jean-Goujon, et que je l'attendais demain à deux heures de l'après-midi boulevard Suchet, chez Nangy qui a mis un bureau à notre disposition. Je compte sur votre présence. D'ici là, rédigez votre rapport sur votre dernière mission. Pas de question?

— Au laboratoire de Laloubère, on saura qui je suis?

— Je n'en vois pas l'utilité. D'ailleurs, cela n'a aucune importance, puisqu'ils sont tous plus ou moins dépendants de notre maison. A demain, deux heures, boulevard Suchet.

Je me retirais lorsque M. Duval me rappela :

— Monsieur Savières?

— Monsieur?

— Je ne pense pas vous l'avoir déjà dit, mais sachez que je vous tiens pour un excellent agent et que j'ai confiance en vous.

Il fait un temps mi-figue, mi-raisin. En quittant M. Duval, je suis allé me promener sur les Champs-Elysées, dans la partie où il y a encore des arbres. Je ne me sens pas à mon aise. Cela m'arrive souvent, ces temps-ci. Une fatigue plus morale que physique. Je crois que je n'aime plus mon métier et le fait d'aller à Auch me pousse à mesurer plus sévèrement l'ampleur de mon échec. Le compte des Fils prodigues n'est jamais créditeur.

Pourtant, ce n'est pas parce que je suis né dans le Gers que je me prends totalement pour d'Artagnan, tout au moins, maintenant que la quarantaine atteinte, je suis bien forcé de regarder le monde tel qu'il est. J'ai vu le jour à Vic-Fezensac et j'ai été élevé dans les vapeurs de l'Armagnac. Je ne suis pas certain que ma nourrice ne m'en ait pas, de temps à autre, mis quelques gouttes dans mon biberon, histoire de me fortifier. Je fus un gamin batailleur, un adolescent dont le vrai plaisir était de se flanquer de solides peignées avec les élèves de l'école libre, manière traditionnelle de prouver son attachement à l'enseignement républicain. Je devins un jeune homme ne rêvant que de rugby, ce qui m'obligeait à ne courtiser les filles que du jeudi au samedi, car le reste de la semaine, je ne pouvais leur offrir qu'un visage tuméfié. Je me souviens d'une brunette de Condom que j'avais voulu embrasser après notre victoire sur l'équipe locale et qui s'était reculée, horrifiée, en me demandant si je la prenais pour une anthropophage.

Cependant, à cause, toujours, de ce sacré sang de d'Artagnan que chaque Gascon imagine couler dans ses veines, je jugeai le Gers trop petit pour mes ambitions. Après un service militaire sans histoire, je partis à la conquête du monde. J'ai mis près de dix années pour reconnaître que je me conduisais comme un sot. Heureusement, un concours assez facilement passé, m'ouvrit les portes de la police où mes qualités naturelles me firent entrer parmi les agents du S. D. E. C. E. Depuis ce temps-là, j'ai parcouru l'Europe à la recherche de garçons qui nous suscitaient des ennuis ou qui nous avaient quittés en emportant des choses qui ne leur appartenaient pas.

Aujourd'hui, je me sens las. Le moral n'y est plus.

J'ai employé une partie de l'après-midi à rédiger mon rapport sur mon dernier voyage. Lorsque j'eus terminé ma tâche, Mlle Antoinette, la secrétaire du patron, une demoiselle sans âge, s'est chargée de me trouver une dactylo discrète pour taper mon travail. Elle m'assura qu'elle le relirait pour en bannir d'éventuelles fautes d'orthographe et le remettrait elle-même à M. Duval. Antoinette est une très chic fille. Je me demande pourquoi elle ne s'est jamais mariée?

A vingt heures, j'ai retrouvé Ménonval dans le bistro du XIIIe dont il a fait son quartier général. Ménonval n'a guère plus de trente ans. Il croit à ce qu'il entreprend. Il est à l'âge des enthousiasmes et des illusions. Tandis que nous mangeons du boudin et une poêlée de pommes de terre, il me met au courant des derniers potins de la maison. Et puis le voilà qui me dresse un tableau idyllique du parfait agent des Services Spéciaux. Un instant, je me dis qu'il se paie ma physionomie et je lui jette un regard torve, mais non, il est sincère, le pauvre! Je me rends compte bientôt qu'il se gargarise de ces mots qu'il lance à je ne sais quel auditeur invisible et je finis par comprendre qu'il est son propre auditeur, qu'il parle pour se convaincre, pour se persuader qu'il a eu raison de choisir ce métier inhumain. Tout y passe : les voyages toujours différents, les horizons sans cesse nouveaux, les filles de couleurs variées, mais se ressemblant en ce qu'elles sont toujours prêtes à vous tomber dans les bras. Cela tient du western, des aventures de Tarzan et des « Incorruptibles ». J'ai de la sympathie pour Ménonval, mais il commence à m'énerver. Doucement, je remarque :

— Et si vous vous taisiez un peu, mon vieux?

Interloqué, il s'arrête pile et me contemple avec des yeux ronds. J'insiste :

— Du vent, Ménonval, vous remuez du vent! A quoi rime ce cinéma que vous êtes en train de vous faire?

— Je ne saisis pas ce que...

— Savez-vous ce qu'il y a, en vérité, derrière ce tableau ridicule que vous brossez pour tromper je ne sais qui? La solitude, mon pauvre vieux, et la peur. Les filles dont vous rêvez ne vous ouvriront leurs bras que pour vous piquer votre portefeuille ou vous soutirer les renseignements qu'on les a chargées d'obtenir. Quant aux actions d'éclat, permettez-moi de rire. Le mieux qui puisse vous arriver est de crever dans un hôpital où personne ne comprend votre langue, sinon c'est la mort sans poésie au détour d'une rue et la morgue. Voilà en quoi elle se résume, votre belle aventure, Ménonval! Et si vous vous tirez de toutes ces embûches, de toutes les saloperies que vous serez obligé de commettre pour remplir vos missions, vous reviendrez chez vous et quand vous ouvrirez la porte, vous reniflerez cette déprimante odeur de pièces inhabitées. Alors, vous subirez de solides crises de cafard et vous vous direz que ce serait rudement bon d'avoir une femme et des gosses qui vous attendent. Seulement, ce sera trop tard, Ménonval, vous entendez? trop tard!

Il a l'air complètement désorienté.

— Si vous pensez ce que vous me racontez, pourquoi avez-vous choisi ce métier?

— C'est une question à laquelle je n'ai pas encore trouvé de réponse.

— Démissionnez!

— Pour entreprendre quoi? croyez-vous que ce qu'on m'a appris puisse être d'une utilité quelconque pour gagner sa vie? Tenez, quand je rentre de mission, sain et sauf, et que je me retrouve à Paris avec de l'argent dans les poches et disponible pour m'amuser avant de repartir, savez-vous ce qui me préoccupe? ce sur quoi je m'interroge?

— Non.

— Le temps qu'ils ont à Vic-Fezensac.

Il me contemple, bouche bée. Il doit penser que je suis devenu complètement maboul. Afin de lui laisser le temps de se remettre, je lui souhaite le bonsoir et le laisse en tête à tête avec l'addition. Après tout, je lui ai donné une leçon, et toute leçon se paie.

Avant de gagner mon deux-pièces-cuisine de la rue Lhomond, je m'arrête pour boire le dernier dans un bistro de la « Mouff » où j'ai mes habitudes quand je suis à Paris. Mon arrivée est toujours saluée avec sympathie par les clients et le patron, un gros au teint violacé. Là aussi, on me croit représentant de commerce. Joseph, le propriétaire, me sert mon calva en disant :

— Alors, on est de retour, monsieur Jacques?

— Il faut bien revenir.

Il pousse un soupir à fendre l'âme la plus endurcie.

— C'est ça le malheur...

Je ne sais pas trop ce qu'il veut exprimer dans cette phrase sibylline. J'imagine que lui non plus ne le sait pas. Il a été soldat dans l'Infanterie de Marine, autrefois. Il doit regretter le climat asiatique, les indigènes. Lui aussi, comme Ménonval, se fait du cinéma sans se rendre compte que c'est sa jeunesse qu'il regrette. Joseph est reparti essuyer mélancoliquement des verres, ses gros yeux saillants dans le vague. Je règle ma consommation à Marie-Thérèse, la servante, une grosse blonde très défraîchie. Elle a une faiblesse pour moi, celle-là.

— D'où c'est que vous revenez, cette fois, monsieur Jacques?

Je lui raconte n'importe quoi car j'ai l'habitude et je n'ignore pas qu'elle va conclure :

— Vous en avez de la chance... Vous, au moins, vous n'êtes pas obligé de rentrer tous les soirs chez vous!

Sous peine de perdre l'admiration qu'elle me témoigne, je n'ose pas lui répliquer que c'est justement ce que je regrette de ne pas rentrer tous les soirs chez moi.

2

Tout nu — à la hauteur où j'habite, je n'ai pas de vis-à-vis — j'exécute les quelques mouvements nécessaires pour maintenir la souplesse de mes articulations. Je me regarde dans la glace et suis assez satisfait, je l'avoue, de ce que je vois. Un mètre quatre-vingts, soixante-dix-huit kilos. Le poil noir comme on l'a chez nous, l'œil clair et des cicatrices qui ressemblent à des festons dont la blancheur tranche sur une peau naturellement bronzée. Parce que je ne me suis pas débarrassé de mon cafard de la veille, je pense à la mort, ce matin. Si je disparaissais, qui pleurerait sur mon sort, ne fût-ce que quelques minutes? Peut-être Antoinette qui m'aime bien, mais elle a réjà tellement appris de morts... Peut-être Hilda à Hambourg? ou Ilse à Vienne? ou Gertrud à Berlin? Se souviennent-elles encore de moi et de nos brèves amours? J'en doute... Elles aussi vivent dans un univers qui n'obéit pas aux principes régissant celui de nos contemporains.

A Paris, je m'habille toujours du mieux que je le puis. Une manière de me duper et de me persuader que je suis un homme pareil aux autres. Et puis, si je devais être abattu autant que je fasse un joli cadavre bien propre qui plairait à ces messieurs de la Morgue.

A deux heures de l'après-midi, je me présentais au concierge des établissements Nangy.

Averti, il me conduit à une sorte de bungalow devant lequel deux jardiniers travaillaient sans trop se fatiguer. Ils sentaient le flic à cent pas. M. Duval avait pris ses précautions pour n'être pas dérangé. Il m'accueillit avec sa courtoisie habituelle.

— Monsieur Savières, j'ai jeté un coup d'œil sur votre rapport. Bon et rassurant et pour tout vous avouer, en ce moment, j'ai grand besoin d'être rassuré. Prenez place entre la porte et notre visiteur. Il ne faut jamais rien laisser au hasard.

A peine m'étais-je assis que le téléphone sonna. M. Duval décrocha et, je vis un certain étonnement se peindre sur sa figure puis, se reprenant :

— Conduisez cette personne, je vous prie.

Il reposa lentement l'appareil et remarqua :

— Ce n'est pas Laloubère, mais sa femme. Pourtant, je l'ai convoqué, lui. Il serait dommage qu'il en prît à son aise, et imaginât me traiter par-dessous la jambe... Oui, ce serait vraiment dommage pour M. Laloubère.

Cette réflexion prononcée sur un ton froid, sans la moindre marque extérieure de mauvaise humeur vous flanquait quand même la frousse.

Quelques secondes plus tard, Mme Laloubère entrait. Je crois que c'est dès cet instant que j'ai commencé à perdre les pédales. Mettez-vous à la place d'un homme qui voit soudain se dresser devant lui la femme dont il rêve depuis toujours.

Mme Laloubère, grande et souple, avait des yeux immenses et une chevelure blond cendré. Toute sa personne irradiait la douceur, la compréhension, la gentillesse. Un solitaire de mon espèce découvrait en cette créature d'exception tout à la fois l'épouse prête à le soutenir dans les coups durs, la sœur ouverte à toutes les confidences, la mère aux indulgences infinies. A moins que je ne me trompe complètement et que celle-là, sous sa tendre apparence, soit la dernière des garces.

M. Duval et moi, nous étions levés à l'arrivée de la visiteuse.

— Asseyez-vous, madame. J'imagine que vous êtes l'épouse d'Henri Laloubère?

— En effet.

— C'est votre mari que j'avais convoqué, madame, et non vous. Il n'est pas d'usage qu'on ne se conforme pas à mes ordres.

La jeune femme se cabra.

— Mon mari, monsieur, n'est ni un enfant, ni un soldat et...

— Je crains, madame, que vous ne réalisiez pas pleinement la situation. M. Laloubère est maître dans son laboratoire, mais dans son laboratoire seulement. Dès qu'il en sort, il tombe sous mon autorité et me doit une obéissance aveugle, pour sa sauvegarde d'abord, pour nos intérêts ensuite, et pour le bien de notre pays, enfin. C'est parce qu'on se permet des interprétations personnelles des directives reçues que les malheurs arrivent.

Elle se défendait pied à pied. Elle avait l'excuse de ne pas connaître M. Duval.

— Je ne pense pas qu'il soit arrivé un malheur quelconque?

— Qu'en savez-vous?

— Il me semble que si...

Il l'interrompit, glacial.

— Il vous semble mal. Vous ne seriez au courant de rien. Il faudrait, madame, vous persuader que les Services secrets n'ont pas été créés pour le divertissement de vieux messieurs dans mon genre ou pour occuper des jeunes gens aventureux. Pour quelles raisons êtes-vous ici à la place de Laloubère?

— Parce qu'il est grippé. Honnêtement, fût-ce pour obéir à vos ordres, monsieur, il n'est pas en état de voyager.

— Pourquoi ne me l'a-t-il pas dit au téléphone?

Elle parut gênée.

— Eh bien! J'ai... j'ai voulu profiter de cette convocation pour... pour venir à Paris. Je pensais que vous me remettriez un pli, un document que je rapporterais à mon mari.

— Vous vous figurez que si j'avais quelque chose à donner à Laloubère, je le ferais venir d'Auch au lieu de lui envoyer quelqu'un? Madame, il serait nécessaire, je dirais même urgent, que vous preniez conscience du danger perpétuel dans lequel nous vivons tous, y compris votre époux.

— Le danger? Quel danger?

— Vous n'ignorez pas sur quoi portent les recherches de votre mari, je suppose?

— En gros, oui.

— Vous vous doutez que si ses travaux n'étaient pas de la plus haute importance nationale, nous ne dépenserions pas les sommes que nous dépensons?

— Evidemment.

— Comme toujours, madame, il y a des gens qui souhaiteraient se procurer les résultats des recherches de Laloubère, sans bourse délier.

— Les voler?

— Les voler, en effet.

— Alors, vous n'avez pas de souci à avoir, monsieur.

— Vraiment?

— Tout le monde croit qu'il s'occupe de produits pharmaceutiques, à Auch, et dans son entourage, il n'y a personne qui serait capable d'une action aussi ignoble.

— Vous en êtes certaine?

— Absolument!

— Dans ce cas, madame, vous allez peut-être pouvoir m'expliquer comment il se fait qu'une copie de l'état présent des travaux de Laloubère ait été proposée hier à Berlin-Ouest qui est le marché où les espions professionnels et indépendants trouvent toujours des clients.

— Ce n'est pas possible, voyons!

— Madame, dans notre métier, c'est un mot que nous n'employons jamais.

Mme Laloubère paraissait avoir craqué d'un

coup. De ma place, j'épiais ses réactions et j'étais à peu près convaincu qu'elle ne jouait pas la comédie.

— Maintenant que vous êtes au courant, madame, voyez-vous sur qui pourraient porter nos soupçons?

— Aucun des camarades de mon mari ne trahirait pour de l'argent!

— Il y a autre chose que l'argent.

— Et quoi donc?

— La passion politique, par exemple. Il y a déjà des hommes qui sont passés à l'Est en emportant des documents importants. Ils se figuraient travailler pour le bonheur de l'humanité, les imbéciles!

— Pas chez nous! pas autour de nous! je vous répète que cela ne se peut pas!

— Si vous parvenez à m'expliquer autrement la trahison qui se mijote à Auch, je suis tout prêt à vous écouter.

Elle se tordit nerveusement les mains.

— Comment voulez-vous que je le fasse? Vous m'apprenez des choses auxquelles je suis dans l'impossibilité de croire et vous souhaiteriez que je vous dise... Oh! pourquoi suis-je venue?

— En effet, madame, pourquoi?

— Je vous ai appris que mon mari était souffrant.

— Est-il souffrant ou... a-t-il eu peur?

— De quoi?

— De se trouver devant moi, par exemple?

Elle se leva d'un jet.

— Vous insinuez qu'Henri...

M. Duval leva une main apaisante.

— Je vous en prie, madame, ne donnons pas dans le mélodrame. Quels que soient vos sentiments, quelles que puissent être vos certitudes, je sais — vous me comprenez bien? — je sais, depuis hier, que quelqu'un est à même de vendre les travaux sur le wagstram. Convenez avec moi que pour se permettre de faire une offre pareille, il faut être assuré de pouvoir, quand on le voudra mettre la main sur le dossier?

Mme Laloubère se laissa retomber sur la chaise et répondit d'une voix boudeuse :

— Vous êtes plus au courant que moi de toutes ces...

— Ne cherchez pas, madame. Les mots pour définir ce genre d'exploits, ne manquent pas: trahison, acte de patriotisme, tractation, marché, affaire, etc... Oui, je suis au courant et j'ai eu l'occasion d'interroger toutes sortes d'individus qui s'étaient laissés prendre au mirage de l'argent, de la politique, du fanatisme, de la haine... Désormais, ni les larmes, ni les cris ne peuvent m'émouvoir. J'ai une mission à remplir et je la remplirai en dépit des obstacles qu'on pourra dresser sur ma route. On veut voler le dossier wagstram? eh bien! je vais défendre ce dossier quoi qu'il m'en puisse coûter.

— Coûter?

— Je faisais allusion à ceux qui courront de grands risques dans cette histoire, et me désignant :

— M. Savières, par exemple. Il appartient à nos services et vous raccompagnera, demain, à Auch.

Elle me regarda, esquissa un sourire qui me réchauffa le cœur et perdue, déjà soumise, elle revint à M. Duval.

— Que dois-je faire?

— Rien de spécial. Procédez à vos emplettes. Je vous propose d'aller dîner en compagnie de M. Savières qui passera vous prendre vers vingt heures à votre hôtel. Vous pouvez lui accorder votre confiance, il s'y connaît assez en gastronomie. Vous profiterez de ce tête-à-tête pour lui parler un peu des gens travaillant avec votre mari et qu'il est appelé à rencontrer dès demain.

— Je ne pense pas avoir la possibilité de refuser, n'est-ce pas?

— Vous commencez à comprendre, madame et je vous en félicite. Vous pouvez disposer.

J'ai raccompagné Mme Laloubère jusqu'à la porte et quand nous fûmes de nouveau seuls, M. Duval me confia :

— Elle se prénomme Christine.

— Et alors?

— Le savoir mettra plus d'intimité dans vos futurs rapports.

Je déteste ce genre d'humour.

— Monsieur!

— Calmez-vous, monsieur Savières. Je me suis aperçu de la façon dont vous regardiez notre hôte. On eût dit Roméo contemplant Juliette. Je veux vous mettre en garde contre des inclinations qui n'ont rien à voir avec votre mission. Mme Laloubère est belle, c'est un fait, mais dans notre métier, les jolies femmes représentent un danger permanent. Monsieur Savières, je veux que vous découvriez l'individu qui nous trahit et que vous le découvriez par le moyen qui vous plaira.

— Et si je le découvre?

— Alors, je me chargerai de lui, à moins que vous n'ayez été dans l'obligation de me devancer. Maintenant, passez au bureau où Antoinette vous attend avec votre billet, de l'argent et les photos des chercheurs et des employés qui travaillent en compagnie de Laloubère. Je ne vous dis pas bonne chance, car ce serait émettre un doute et il faut que vous réussissiez.

J'écoutais Christine (déjà, je ne l'appelais plus que par son prénom) me parler d'elle, de sa famille, de son mari. Au début de notre rencontre, elle s'était montrée froide, distante même. A ses yeux, j'étais le compagnon imposé, presque le gardien. Pour essayer de l'amener à de meilleurs sentiments, je l'avais entraînée dans un restaurant réputé où la bonne chère, l'ambiance du lieu, avaient eu raison de sa méchante humeur. Au deuxième verre, elle avait complètement viré de bord et consenti à voir en moi un homme qui, pour les aider tous, allait peut-être risquer sa peau. Afin de la mettre plus encore en confiance, je lui avais raconté ma vie en l'enjolivant un peu, tout en insistant sur ma soif du grand amour et mon désir de fonder un foyer tranquille et heureux. Amusée, elle me dit :

— Voilà un genre de rêve qui doit être facile à réaliser, non?

— A condition de rencontrer celle qui vous plaît.

— Et vous ne l'avez pas encore rencontrée?

— Si, mais elle est mariée à un autre.

— Oh! j'en suis navrée pour vous. Comment est-elle?

— Elle vous ressemble.

Elle eut un rire gêné.

— Je suis très flattée si, toutefois, vous ne mentez pas... Il y a longtemps que vous la connaissez?

— Quelques heures.

Ce coup-ci, elle rougit et pour masquer sa confusion, s'occupa du dessert. De ce qu'elle m'avait confié, je déduisis que Christine était une femme semblable à toutes les autres, n'ayant pour ambition que de vivre sans grand émoi une existence banale dans un bonheur relatif, je veux dire un bonheur conforme aux règles les plus ordinaires. Elle me décevait un peu.

Parce qu'il fallait en venir là, nous avons abordé le problème qui nous avait réunis à la même table.

— Je pense que vous avez dû être surprise de ce que vous a révélé M. Duval?

— Plus que surprise, bouleversée!

Je ne sais pourquoi, mais j'eus, sur le moment, l'impression qu'elle mentait.

— Si j'ai bien compris, les travaux de votre mari sont presque terminés?

— Il me semble... Henri est un garçon qui ne se livre pas. J'imagine qu'il n'est lui-même que dans son laboratoire et c'est un endroit qui m'est pratiquement interdit.

— Dois-je admettre qu'entre M. Laloubère et vous, les choses ne vont pas comme elles devraient aller?

Elle eut un sourire mélancolique.

— Vous connaissez beaucoup de ménages où les choses vont comme elles devraient aller? Disons que j'imaginais notre union sous d'autres couleurs.

Insidieusement, je m'enquis :

— Vous n'avez donc pas d'amis — je veux dire d'amis solides — à Auch?

— Si. Entre autres, Jean Hugier qui est très proche d'Henri, le plus proche peut-être avec Fred Montreux, son camarade de toujours.

Une jalousie imbécile durcit ma voix.

— A quoi ressemble cet Hugier?

— Ni beau ni laid... mais intelligent et plein de tact.

Je ricanai.

— En somme, il ne me ressemble pas?

Je distinguai de la surprise dans son regard.

— Si vous parlez du physique, vous êtes beaucoup plus beau garçon. Quant au tact...

— Merci. Rappelez-vous seulement que votre

Hugier n'exerce pas le métier qui est le mien et dont le tact n'est pas la qualité primordiale exigée.

— Je m'en rends compte.

— Encore, merci. Naturellement, vous n'avez aucune idée de la personnalité du traître?

— Aucune, et pour vous confier le fond de ma pensée, je persiste à tenir cette histoire de trahison pour complètement farfelue.

Elle m'énervait.

— Permettez-moi, à mon tour, de vous assurer que votre opinion sur ce point n'offre aucun intérêt. Les illusions ne pèsent guère en face de la réalité et nous, c'est de la réalité que nous nous occupons. Or, la réalité, madame Laloubère, est que quelqu'un dans l'entourage de votre époux, le trahit et nous trahit. C'est lui qu'il me faut trouver et, faites-moi confiance, je le trouverai.

— Et que se passerait-il, alors?

— Le coupable n'aura plus de souci à nourrir pour son avenir.

Elle pâlit.

—Vous voulez dire que...

— Oui.

Elle eut du mal à déglutir et dut avoir recours à un verre d'eau. Quand elle eut bu, elle murmura :

— C'est... c'est affreux...

Je chuchotai :

— Craindriez-vous pour celui-ci ou celui-là?

— Moi?

— J'ai le sentiment, chère madame, que le coupable est à chercher parmi les familiers de votre époux, ceux qui travaillent près de lui et qui de ce fait ont le plus facilement accès au dossier wagstram, c'est-à-dire...

Mme Laloubère me coupa sèchement la parole.

— C'est-à-dire MM. Hugier et Montreux, n'est-ce pas?

— Vous avez prononcé leurs noms, madame.

Elle attrapa son sac et se leva.

— J'ignore, monsieur Savières, pour quelles raisons et dans quel but vous agissez de la sorte. J'espérais — au cas où M. Duval n'eût pas été trompé par ses informateurs — que vous vous seriez livré à une enquête sans parti pris et je constate...

Ce fut à mon tour de l'interrompre.

— Vous ne constatez rien, madame. Vos tendresses, vos amitiés, vos sympathies ne comptent pas. Vous devez vous en persuader.

Après que j'eus raccompagné Mme Laloubère, je rentrai chez moi de fort méchante humeur, fâché contre Christine, fâché contre moi-même et, en somme, fâché contre tout le monde.

Avant de me coucher, j'ai longuement regardé les photos remises par Antoinette et qui concernaient Laloubère et son équipe. Je sais qu'il ne faut pas se faire une opinion d'après les visages. Dans mon métier, c'est une règle d'or.

Laloubère a ce qu'on appelle une bonne tête.

Des joues bien remplies qui font plus penser à un gourmet qu'à un passionné de sciences exactes. L'air d'un brave type qu'on doit mener par le bout du nez. Il a quarante-cinq ans et sa femme trente-cinq. Je contemple le visage de Christine et je soupire comme un collégien amoureux en remettant le cliché dans le paquet. Montreux ressemble à une boule de billard. Pas de cheveux, pas de moustache, pas de barbe. A travers les fines lunettes sans monture, l'œil globuleux semble mort. Le même âge que son ami et patron Laloubère. En lisant le nom de Jean Hugier sous la photo d'un quadragénaire à première vue sympathique, je me crispe et constate, avec une joie mauvaise, qu'il a le nez un peu fort et un début de calvitie, mais je ne puis m'empêcher de juger son regard trop tendre.

Crâne tondu à zéro, lunettes, yeux froids, tout de l'homme qui se douche deux ou trois fois par jour, qui suit un régime pour ne pas grossir et goûte ses plus grandes joies dans l'exécution de mouvements de gymnastique, tel m'apparaît Paul Mazoires. Sa femme, Berthe, ni laide, ni jolie, insignifiante. On la devine résignée. Jules Poiroux, quarante-huit ans, le doyen de la bande. Traits flous où l'œil ne parvient pas à s'accrocher. Ce visage banal, celui de tout le monde, est la meilleure des armes pour un espion. Au contraire, son épouse, Paulette, qui a dépassé la quarantaine, a le regard pathétique de Mme Bovary. Elle a dû être très belle dans son printemps. Elle est encore fort agréable en son automne. Elle doit s'embêter à Auch. Quant à Marcel Savournon et à sa femme Hilda, ils jouent le rôle de concierges-gardiens du laboratoire. Lui possède le faciès du vieux boxeur qui a reçu pas mal de coups au cours de sa carrière. Elle, elle ressemble à une petite chèvre noiraude. On la devine nerveuse, ne restant pas en place. Enfin, pour clore la série, Pierre Tigery qui montre une tête identique à celles qu'on peut voir au sommier de la préfecture de police. C'est l'homme à tout faire de la maison.

Maintenant que j'ai fait connaissance avec ceux que je vais rencontrer, il ne me reste plus qu'à me coucher.

Je suis tiré d'un sommeil assez agité par le son fêlé de mon vieux cartel accroché au mur. Je l'ai rapporté de la maison paternelle après la disparition de mes parents. Il a été tout mon héritage et pour rien au monde, je ne voudrais m'en séparer. A travers son timbre vieillot, j'entends les rumeurs de la place de Vic-Fezensac, les jours de marché. Je perçois les exclamations, les indignations, les enthousiasmes des paysans occupés à vendre leurs oies. Venues du fond de ma mémoire, j'écoute — en fermant les paupières — des voix qui ne chuchotent plus que pour moi. Un réconfort et une détresse.

Dans le rapide de Toulouse, nous étions assis face à face, Christine et moi. Nos retrouvailles n'avaient pas été des plus chaleureuses. Je profitai de ce que nous étions encore seuls dans notre compartiment pour lui présenter mes excuses au sujet de mon attitude de la veille. Je reconnus que je ne savais pas trop ce qu'il m'avait pris et, lui demandant pardon par avance, je lui confessais que je m'en étais pris à Jean Hugier parce que je le soupçonnais d'être aimé d'elle.

Amusée plus que choquée, elle répliqua :

— Monsieur Savières, je ne vois vraiment pas en quoi ma vie privée vous regarde? A moins... A moins que vous ne soyez vraiment jaloux?

— Hélas...

Elle se mit à rire comme s'il s'agissait d'une plaisanterie d'un goût douteux.

— Mais Seigneur! à quel titre seriez-vous jaloux?

Je n'avais nulle envie de poursuivre ce genre de badinage.

— Je vous en prie, madame... Je suis assez gêné d'avoir dû vous avouer ce que je vous ai avoué, ne me rendez pas davantage ridicule à vos yeux et aux miens.

— Bon. Faisons la paix et ne parlons plus de ces sottises. Toutefois, comme je ne tiens pas à ce que vous vous mépreniez sur mon compte, sachez que M. Hugier est un ami et rien de plus.

Je l'aurais embrassée pour cette confidence et, délivré, je me lançai dans un discours duthyrambique sur le Gers dont j'avais l'honneur et la joie d'être un enfant.

Christine et moi fîmes un agréable voyage sous un beau soleil qui nous demeura fidèle du départ à l'arrivée. Nous quittions la gare de Montauban lorsque ma compagne m'apprit :

— Une voiture nous attendra à Toulouse. J'ai téléphoné à Henri pour lui annoncer notre arrivée.

— Dois-je comprendre que vous lui avez parlé de moi?

— Il le fallait bien, non?

— Lui avez-vous révélé ma mission?

— Je ne devais pas?

— Je ne sais pas.

— Veuillez m'excuser, je ne me doutais pas que vous vouliez agir dans le secret.

— Ce n'est pas ça...

— Quoi, alors?

En guise de réponse, je haussai les épaules. Sans que j'en puisse définir la raison, cela ne me plaisait pas d'être reçu ès qualité. En général, notre action s'accommode mal de la publicité.

— Quelle a été la réaction de votre mari?

— Mauvaise... Il a protesté que M. Duval se trompait, que ses renseignements ressortaient à ce genre de fables dont — paraît-il — les Services Secrets de tous les pays sont friands et qu'il n'admettait pas qu'on soupçonnât un seul de ses collaborateurs en qui il avait une confiance pleine et entière.

— Il vous a paru... véhément?

— Plutôt, oui.

— C'est peut-être la fièvre?

— La fièvre? et pourquoi Henri aurait-il de la fièvre?

— Parce qu'il est grippé.

— Ah oui!

— Madame Laloubère, vous ne croyez pas que vous avez commis une sacrée indiscrétion en parlant de tout cela au téléphone?

Elle prit un petit air suffisant :

— Rassurez-vous, monsieur Savières, je n'ai parlé que de ses recherches sur la crème de beauté Superissima et non du dossier qui nous intéresse.

— Mais, moi?

— N'êtes-vous pas représentant des produits Nangy?

— Espérons que vous aurez déjoué toutes les curiosités... Dites-moi, si l'humeur de votre mari est si mauvaise, dois-je m'attendre à une réception des plus fraîches?

Elle se mit à rire.

— Auriez-vous peur?

— Si j'avais peur, j'exercerais un autre métier.

— Dans ce cas, je suis sûre que vous vous entendrez avec Henri, même si, au premier abord, il vous témoigne quelque hostilité.

Tout se déroula conformément au programme annoncé. A la gare de Toulouse-Matabiau, nous avons trouvé la voiture conduite par une sorte de gorille à mine patibulaire. Il s'agissait du sieur Pierre Tigery. En le voyant, je ne pus m'empêcher de penser que si un différend devait nous opposer l'un à l'autre, je pourrais avoir de gros ennuis.

Je me fis déposer place de la Libération où se dresse l'Hôtel de France qu'André Daguin dirige avec sa femme Jocelyne. Daguin est un ami de longue date. Nous nous sommes connus il y a une vingtaine d'années, sur les terrains de rugby. Comme moi, il était deuxième ligne et notre fraternelle affection naquit au cours de multiples empoignades qui se poursuivirent pendant bien des saisons. Nous avons progressé ensemble, passant des équipes inférieures au team-fanion. Qui, de nous deux, ouvrit les hostilités? je ne m'en souviens pas, mais depuis ce jour mémorable, nous nous sommes « cherchés » sur tous les terrains où nos équipes étaient opposées. Je lui suis redevable d'une série d'horions qui marquèrent dans ma carrière et j'eus la satisfaction de lui faire sauter une ou deux incisives, quelques heures avant qu'il n'aille à un rendez-vous galant où il arriva bréchu. Puis, vint ce fameux dimanche où, ayant été sélectionnés tous les deux pour défendre les couleurs de la Gascogne contre une équipe auvergnate, je fus assez durement « matraqué » par une deuxième ligne adverse. Daguin fit payer cher cette agression à l'Auvergnat qu'on dut emmener hors du stade. Dès lors, nous devînmes plus qu'amis et jusqu'à mon départ de Vic-Fezensac, nous ne passâmes guère de semaine sans nous rencontrer. Notre affection avait résisté à l'usure du temps et c'est la joie au cœur que je débarquai à l'Hôtel de France où mon vieux copain, aussi habile au fourneau qu'en mêlée, venait de marquer un nouvel et victorieux essai en décrochant une étoile supplémentaire au Michelin.

Je fus accueilli par Jocelyne Daguin qui ressemble à une liane par laquelle on aimerait se laisser prendre. Il s'est noué entre elle et moi, des liens d'une solide amitié et mon seul regret tient à ce que je n'aie pu assister à son mariage avec André. A l'époque, je devais me balader dans le Péloponèse. Les enfants entourant la jeune femme, jalonnaient les années passées loin de mon pays natal. Je regardais ces petits avec affection, sans doute mais aussi avec une légère mélancolie. Ils symbolisaient à mes yeux le temps que j'avais perdu, ce fameux temps qui ne se rattrape jamais.

Daguin se tenait dans sa cuisine. On alla l'y chercher et nous tombâmes dans les bras l'un de l'autre. Sa femme et lui croyaient que je me promenais à travers l'Europe pour placer des produits pharmaceutiques. Je n'avais jamais jugé utile de les détromper.

Ayant fait un brin de toilette, je me rendis au laboratoire Laloubère. Puisque, par les soins de Christine, on savait ma présence à Auch, je ne jugeais pas utile de remettre au lendemain ma visite protocolaire.

En traversant la place de la Libération, je sentais ma jeunesse me monter à la tête par bouffées. Je descendis la très courte rue de la République et, par la place Saluste-du-Bartas, je gagnai celle des Carmélites où, dans une vieille et élégante maison s'étaient installés les laboratoires Nangy.

Une espèce de brute répondit à mon coup de sonnette. Je reconnus Marcel Savournon, le concierge qui m'examinait d'un œil méfiant :

— Qu'est-ce que vous voulez?

— Voir M. Laloubère.

— Vous avez rendez-vous?

— Non, mais il m'attend.

— C'est bizarre.

Je commençais à perdre patience.

— Ecoutez mon vieux, je sais qui vous êtes et vos belles aventures dans les rangs de l'O. A. S. Alors, fichez-moi la paix et filez avertir votre patron que Jacques Savières désire lui parler, vu?

Littéralement, la mâchoire du costaud lui était tombée sur la poitrine. Il ne comprenait pas et dut s'imposer un effort pour s'arracher à la stupéfaction qui l'immobilisait. Sans mot dire, il tourna les talons. Je le suivis. Avant de m'abandonner dans une petite salle d'attente, il me chuchota :

— C'est pas tellement sain d'en savoir tant sur les autres.

— Mais si, quand c'est votre métier.

Lorsqu'il revint pour me conduire auprès de Laloubère, sa physionomie avait changé et m'adressant un clignement d'œil complice, il murmura :

— Excusez... Je pouvais pas me douter, hein?

Henri Laloubère s'identifiait parfaitement à sa photo et je reconnus dans celui qui lui tenait compagnie Fred Montreux avec son visage rond le faisant ressembler à Peter Lore quand il incarnait le Maudit, tueur d'enfants. Ainsi que prévu, Laloubère m'accueillit sèchement.

— Monsieur Savières, je ne vous dis pas : soyez le bienvenu, car je juge votre présence tout à fait inutile. Nous pouvons parler devant mon adjoint, M. Montreux, pour qui je n'ai pas de secret.

Le dit Montreux et moi nous saluâmes d'une légère inclination de la tête. Celui-là aussi ne devait pas me porter dans son cœur.

— Avant de nous expédier ses agents, M. Duval serait bien inspiré de se renseigner plus complètement, dut sa vanité en souffrir en s'apercevant qu'on lui racontait des bobards!

— M. Duval a beaucoup d'expérience et n'a, je pense, de leçon à recevoir de personne.

Les hostilités étaient ouvertes. On y voyait plus clair.

— Vous osez soutenir que quelqu'un, parmi nous, trahit?

— Je soutiens qu'une photocopie du dossier wagstram a été offerte à Berlin-Ouest.

— Ce n'est pas vrai!

— Affirmation toute gratuite.

— Non, monsieur, non! Elle s'appuie sur la confiance que j'ai dans mes amis! et je ne tolérerai pas qu'on se permette de les soupçonner!

— Monsieur Laloubère, il ne vous est jamais

venu à l'esprit que les traîtres sont justement ceux en qui l'on a la plus grande confiance?

Montreux sortit de son impassibilité pour me demander doucement :

— J'espère que cette remarque n'est pas pour moi?

— Elle est pour tout le monde et pour personne tant que je n'aurai pas abouti dans mon enquête pour laquelle, messieurs, je réclame votre entière collaboration.

Laloubère s'emporta :

— Vous ne vous figurez quand même pas que nous allons suspendre nos recherches pour jouer au gendarme et au voleur!

— Ce que je me figure n'a aucune importance, monsieur. Mais ce dont je suis sûr, c'est que je vais poursuivre mes investigations que cela vous plaise ou non jusqu'à ce que j'aie démasqué le coupable. J'ajoute que si vous n'êtes pas d'accord, je téléphonerai à M. Duval qui n'aime pas beaucoup qu'on entrave le travail de ses agents.

— Eh bien! moi, je n'aime pas du tout qu'on entrave mon propre travail! Alors amusez-vous tant que vous le voudrez, mais j'exige que vous vous montriez discret!

Je lui souris aimablement avant de répondre :

— Bien que je ne puisse me flatter d'avoir gagné votre sympathie, je suis heureux de constater que vous vous portez mieux.

— Qu'est-ce que vous racontez?

— N'est-ce pas la grippe qui vous a empêché de vous rendre auprès de M. Duval. Je suis sûr qu'il sera surpris — et content, bien sûr — d'une aussi prompte guérison. Je vous salue, messieurs!

Il devait être un peu plus de vingt-deux heures. J'avais savouré en compagnie des Daguin, un de ces dîners où la finesse le dispute à l'originalité et le vin de Madiran m'avait rendu sentimental. Les derniers clients partis, André m'invita à faire quelques pas autour de la place de la Libération, après quoi nous nous installâmes à la terrasse du café Daroles pour prendre un dernier verre dans la douceur d'un crépuscule automnal et en nous livrant au plaisir des « T'en souviens-tu? ». Tout d'un coup, Daguin cria :

— Mathieu!

Alors s'approcha de nous un étrange personnage. Son aspect me rappelait les clochards parisiens d'avant la guerre. Propre, quoique loqueteux, ce bonhomme était vêtu d'une veste aux nombreux accrocs soigneusement raccommodés. Il portait des pantalons dont la couleur primitive et indéfinissable disparaissait sous les pièces rapportées. Leurs teintes offraient les différentes nuances du gris au noir. Il avait aux pieds des souliers crevés sur le côté, et sur la tête un chapeau mou verdâtre au ruban effiloché. A première vue, je lui donnai dans les quarante ans. Il s'arrêta à deux pas de notre table, ôta son couvre-chef et s'inclinant :

— Que la paix soit avec vous, messieurs.

La voix n'était nullement éraillée et j'y découvris, avec étonnement, une pointe de distinction. Daguin, à ma grande surprise, invita le type à s'asseoir à notre table. Il ne se fit point prier et je m'interrogeai sur la réaction du garçon qui nous servait. J'eus du mal à cacher ma surprise en constatant que ce dernier semblait juger la présence du gars fort naturelle.

— Qu'est-ce que ce sera pour toi, Mathieu?

Je m'attendais à ce que notre hôte commandât un verre de vin ou d'alcool, il réclama un quart Vichy avec une tranche de citron. Daguin me présenta notre invité :

— Jacques, voici Mathieu Loisin, notre Diogène... Mathieu, Jacques Savières est mon ami et notre amitié date de loin. Il place des produits pharmaceutiques.

— Il a été dit : « Un ami fidèle est une tour forte et qui l'a trouvée a trouvé un trésor... » Très heureux, monsieur.

Un peu ébahi, je répondis qu'il en était de même pour moi, ce qui fit sourire le clochard.

— Vous êtes très aimable, car je n'ignore pas que je suis plutôt encombrant.

Je protestai mollement, mais il poursuivit :

— Nous vivons, monsieur, dans une société où il faut respecter les jeux de la politesse, les conventions... Ceux qui y manquent deviennent des parias. C'est mon cas... On m'a fait payer très cher de n'avoir pas voulu me plier aux règles communément admises. Je ne m'en plains pas puisque c'est à l'intransigeance des autres que je dois d'avoir découvert le vrai sens de la vie.

— Qui est?

— La liberté, monsieur.

Daguin se mêla au débat :

— Mathieu est arrivé ici, il y a quelques mois. Il venait de l'hôpital de Toulouse. On l'y avait transféré de la prison d'Albi où il était enfermé pour vagabondage.

Le clochard remarqua :

— Une vocation tardive, monsieur. J'ai été appelé à la liberté comme d'autres sont appelés à Dieu.

— Racontez-moi ça!

— Oh! c'est très banal, monsieur. Depuis longtemps, je trouvais ma condition grotesque. Célibataire, gérant d'une maison de commerce dans une grande ville, j'étais, de surcroît, maire d'une banlieue mi-paysanne, mi-résidentielle. Je jugeais absurde de me rendre à mon travail suivant un horaire fixé une fois pour toutes. Je souffrais, monsieur, de supporter ce monstrueux carcan qu'est l'emploi du temps et, dans ma mairie, je me heurtais chaque soir aux décrets et interdits de l'Administration. Je trouvais mon existence stupide mais je n'avais pas le courage de rompre avec des habitudes qui me tuaient à petit feu.

Pendant que Mathieu parlait, j'examinai son visage. Un beau visage d'homme aux traits accusés. Le nez un peu fort disait l'esprit, la bouche large et saine affirmait le plaisir de vivre et les cheveux noirs semés de quelques fils argentés, drus, coupés en brosse, révélaient une santé à toute épreuve. L'œil malin suggérait que l'hérédité paysanne n'était pas loin. En retrouvant la nature et la liberté, Mathieu n'avait peut-être fait que reprendre le chemin abandonné. Il est vrai qu'il avait emprunté une drôle de route.

— Et de quelle façon vous êtes-vous échappé?

— Le hasard, monsieur. D'ailleurs, les grands changements sont presque toujours dûs au hasard. Les Chinois disent : « Le moment donné par le hasard vaut mieux que le moment choisi. » Donc, monsieur, je vivotais, malheureux et couard, lorsqu'un matin on me réveilla — c'était un dimanche — afin de m'annoncer qu'un de mes administrés, un vieux garçon qui tentait de ne pas crever de faim en exploitant une petite ferme, venait de mourir. Il n'avait pour parent que sa mère nonagénaire, elle-même en train d'achever ses jours à l'hôpital. Je crus bien faire en agissant selon le bon sens. Ce fut là mon erreur. Ayant fait enlever le défunt, j'apposai les scellés sur sa porte. Il paraît que je n'en avais pas le droit. Je vendis à l'amiable les trois ou quatre vaches qui meuglaient désespérément dans un pré attenant à la maison et que je ne pouvais, en conscience, laisser crever. Guidé par un motif identique, je liquidai la basse-cour et à ceux que je savais amis du disparu, je distribuai les denrées périssables. Ainsi, j'eus l'argent nécessaire pour offrir des funérailles décentes à feu mon administré. Je portai le reliquat des sommes perçues à l'hôpital. Monsieur, ce fut un beau scandale. Les hommes de loi que j'allai consulter après les premiers papiers bleus, m'énumérèrent avec des tremblements dans la voix, les innombrables délits dont je m'étais rendu coupable. En bref, je fus soupçonné de malversation, honni de la plupart, flanqué à la porte du magasin que je gérais, déchu de mon mandat de maire et pour finir, ruiné.

— Il y a longtemps de cela?

— Je ne sais plus. Le temps est de tous les maîtres, celui que j'ai le premier éliminé de ma vie.

Mathieu se leva.

— Messieurs, j'ai eu bien du plaisir à vous rencontrer. M. Daguin sait que j'ai des principes d'hygiène — attention! des principes que je me suis librement imposés — et parmi lesquels celui de me coucher à une heure pas trop tardive. Je vous souhaite le bonsoir.

Je le regardai s'éloigner. Parfois, on se retournait sur son passage. Des étrangers qui ne pouvaient comprendre. Je demandai à mon ami :

— Où va-t-il?

— A la belle saison, il dort dans une masure abandonnée de la banlieue immédiate. L'hiver, j'ai un coin pour lui. Mon personnel l'accepte parce qu'il est propre. On lui confie des besognes dont il se tire à la perfection. Il y gagne de quoi manger à sa faim et boire à sa soif. Il encaisse quelqu'argent en portant des paquets pour celui-ci ou pour celui-là. Au fond, Jacques, il te ressemble un peu sur un autre plan : ni feu, ni lieu.

— Tais-toi, tu vas me flanquer le cafard!

Nous rentrions à l'hôtel, lorsque Jocelyne Daguin qui guettait notre arrivée, s'exclama :

— Vous savez la nouvelle?

— Quelle nouvelle?

— Un de ces messieurs du laboratoire de pharmacie Nangy — M. Montreux, je crois — s'est suicidé!

Je ne demandai même pas à Savournon la permission d'entrer. Je le bousculai presque en lui demandant :

— L'appartement?

— L'escalier au fond du couloir.

— Où est le corps?

— A la morgue.

Christine m'accueillit sans enthousiasme. Elle avait pleuré. Elle me déclara que son mari effondré, s'était enfermé dans sa chambre et ne voulait voir personne.

— Quand est-ce arrivé?

— Vers vingt-deux heures.

— Pourquoi ne m'a t'on pas prévenu?

— Cela aurait servi à quoi?

— Vite, madame, expliquez-moi!

— Mon mari et Fred avaient décidé de travailler une heure ou deux après dîner. Henri s'est arrêté le premier et est monté me rejoindre.

J'étais déjà couchée. C'est au moment où il se glissait dans le lit qu'on a entendu le coup de feu. Pendant que mon époux enfilait sa robe de chambre, les Savournon se précipitaient, ouvraient la porte du bureau et trouvaient le malheureux. Il tenait encore à la main le revolver dont il s'était servi. Pauvre Fred... Qui aurait pu supposer.

— Ce suicide ne correspond pas à son caractère?

— A vrai dire, c'était un homme qui ressemblait à mon mari par bien des points... Plutôt taciturne... renfermé... ne se livrant guère... Monsieur Savières, vous ne pensez pas qu'il... enfin qu'il a fait ça... à cause de... de votre arrivée?

— Dans ce cas, il nous faudrait admettre que Montreux était celui que je devais démasquer.

— Je ne puis le croire! Pas Fred! Il avait trop d'affection pour Henri, voyons!

— Pourtant, on ne se suicide pas quand on n'a pas un motif puissant pour le faire : déception sentimentale, maladie incurable ou quand on n'est pas acculé à une situation sans issue. Madame j'ai le sentiment que ma mission s'achève avant que d'avoir réellement commencé. Je vais rentrer téléphoner à M. Duval. Je viendrai saluer M. Laloubère demain matin vers dix heures.

Je possédais, comme tous mes collègues, un numéro qui pouvait, à n'importe quelle heure du jour ou de la nuit, me mettre en communication avec mon patron. Lorsque je l'eus au bout du fil, on n'aurait pas dit que je le réveillais au beau milieu de la nuit. Toujours aussi froid, aussi distingué.

— Eh bien! Monsieur Savières que vous arrive-t-il?

— Excusez-moi, monsieur, de vous déranger en...

— Monsieur Savières, je vous ai demandé ce qu'il se passait?

— Je n'ai pas voulu attendre à demain pour vous annoncer que c'est terminé.

— Voilà une excellente nouvelle. Vous avez donc démasqué le coupable?

— A dire vrai, il s'est démasqué lui-même.

— Comment cela?

— En se suicidant.

— Dommage... J'eus aimé l'interroger. Racontez-moi, je vous prie.

Je lui dis ce qu'avait été ma première soirée à Auch et la façon dont j'avais été reçu par Laloubère, enfin le suicide.

— Voyez-vous, monsieur Mme Laloubère avait cru bon de téléphoner à son mari pour lui apprendre son retour et ma présence à ses côtés ainsi que ma mission.

— Je m'en doutais... Plus, je l'espérais.

— Vraiment, monsieur?

— Cette annonce a dû produire l'effet d'un coup de bâton dans une fourmilière. Le traître a sans doute pensé que nous savions beaucoup plus de choses que nous n'en savons en vérité. Il a pris peur, s'est vu perdu et a préféré mettre fin à ses jours.

— En effet, monsieur, il a dû en être ainsi, car M. Laloubère m'a reçu en présence de son cher et vieux camarade et tous deux ont fort mal pris ma décision d'enquêter sans ménager personne.

— Quel cher et vieux camarade, monsieur Savière?

— Montreux. Fred Montreux. C'est lui qui est parti pour l'autre monde.

Il y eut un long silence et je me demandais si je n'avais pas été coupé de Paris.

— Allô? allô? Monsieur Duval?

— Oui, oui, je suis là.

Etait-ce une impression, mais il me semblait que sa voix avait changé.

— Monsieur, puisque l'affaire paraît terminée, je vous prie de m'autoriser à demeurer encore deux ou trois jours ici, ne serait-ce que pour me rendre à Vic-Fezensac, mon pays natal.

— Monsieur Savières, n'ayez aucun souci sur ce point. Vous allez, je le crains, rester beaucoup plus de deux ou trois jours à Auch.

— Ah?

— Parce que Montreux ne s'est pas suicidé.

Ce fut à mon tour d'être dans l'incapacité de répondre.

— Allô? Monsieur Savière, vous m'entendez?

— Pardonnez-moi, monsieur, mais...

— Je disais que Montreux ne s'est pas suicidé. On l'a assassiné.

— Dans quel but?

— Vous faire arriver à la conclusion à laquelle vous êtes arrivé : désigner Montreux comme le traître.

— Monsieur, puis-je vous demander sur quoi vous basez votre théorie?

— Ce n'est pas une théorie, monsieur Savières, mais une certitude. Montreux était un de mes agents.

CHAPITRE II

1

Je suis convaincu que Montreux connaissait le coupable et on l'a tué pour s'assurer de son silence. Je n'ai pas eu besoin de m'obliger à de grands efforts d'imagination avant d'arriver à cette conclusion que M. Duval m'avait pratiquement fournie. Bien sûr, on pouvait supposer que pour des motifs encore ignorés, Fred Montreux avait changé de camp et qu'ayant compris qu'il n'avait plus aucune chance dès lors que la machine se mettait en route, il s'était tué. Contre cette théorie, la confiance de M. Duval dans le disparu. J'étais même un peu vexé que le patron n'ait pas jugé utile de me prévenir qu'un collègue travaillait dans le laboratoire de Laloubère. En tout cas, le défunt avait dû faire ses preuves, M. Duval n'étant guère porté à accorder sa confiance au premier venu. Au reste, pourquoi Montreux aurait-il trahi? sur la fiche remise par Mlle Antoinette, il m'était signalé qu'il ne nourrisait pas la moindre passion en dehors de l'étude. Une femme? Il n'avait, le pauvre vieux, franchement pas une tête à susciter le grand amour... Tout d'un coup, je me suis souvenu de ce que Christine m'avait dit de lui. Elle semblait le tenir en particulière estime. Serait-il possible qu'entre elle et lui...? Mais alors, et Jean Hugier? Mme Laloubère n'avait pourtant pas l'air d'être une Messaline! Au fur et à mesure que j'évoquais Christine, je ne pouvais me défendre de certains doutes. Son attitude, depuis que nous nous étions rencontrés, n'avait cessé d'être bizarre. Pourquoi m'avait-elle confié, de but en blanc, lors de notre dîner, qu'elle ne s'entendait guère avec son mari? Essayait-elle de prendre les devants et d'excuser par avance une inconduite que j'apprendrais vite? Pour quelles raisons avait-elle cru nécessaire d'annoncer ma venue et ma mission à son mari? Souhaitait-elle mettre ce dernier en garde ou, à travers lui, prévenir quelqu'un? La maladie de Laloubère était un mensonge. Qu'est-ce que Christine était allée réellement faire à Paris? se distraire, dépenser ou... contacter quelqu'un? Je m'en voulais de ces idées pessimistes, mais j'étais trop habitué à raisonner pour laisser mes faiblesses l'emporter sur mon bon sens. Laloubère pouvait-il être l'assassin? Pourtant, sa femme assurait qu'il se trouvait à ses côtés lorsque le coup de feu avait retenti. Il est vrai qu'elle le disait. Il restait à prouver qu'elle ne mentait pas. Un seul homme se révélait capable d'infirmer ou de confirmer cet alibi, le concierge Savournon et aussi son épouse. Je me promis de le voir au plus tôt celui-là et de l'obliger à se montrer très franc, sinon... Il se pourrait aussi que Laloubère couvrît le geste criminel de sa compagne et qu'il refusât de la dénoncer. Dans ce cas, il me faudrait accepter l'idée que cet argent pour lequel elle trahissait son mari et son pays, il le lui fallait absolument. Dans quel but? Avec les femmes, le motif est presque toujours le même : l'amour. Christine espérait-elle, une fois la grosse somme touchée, s'enfuir avec un autre? et cet autre, qui pouvait-il être sinon ce Jean Hugier envers lequel elle m'avait avoué nourrir une sympathie profonde?

Je réussis à m'endormir vers deux heures du matin d'un sommeil fiévreux, haché par des cauchemars tournant sans cesse autour d'un thème identique : Christine était une sorte de Mata-Hari et j'apparaissais en qualité de témoin à charge lors de son procès. Dans la salle du Tribunal militaire, sans nous soucier de ceux qui se trouvaient-là, nous échangions, elle et moi, une sorte de dialogue pathétique où elle s'excusait d'avoir bafoué ma tendresse et me demandait pardon. Pour me punir, le président m'obligeait à accompagner le peloton d'exécution qui allait fusiller ma bien-aimée. Je me réveillais pour ne pas entendre le claquement des fusils.

Je traînai au lit le plus possible. Le moral n'y était vraiment plus. Ce métier qui était le mien me dégoûtait chaque jour davantage. J'avais déjà rencontré toutes les espèces de salauds imaginables et vu mourir des tas de gens dont certains ne valaient pas pipette, tandis que d'autres étaient de braves types qui méritaient de vivre. Ce Montreux, par exemple... Pourquoi était-il mort? Tout simplement parce qu'une crapule n'hésitait pas à tuer pour tenter de m'aiguiller sur une fausse piste. Ce gars-là, le jour où je le tiendrai... Je ne pense pas que je le ramènerai à Paris. Afin de me reprendre, je décidai de me rendre à Vic-Fezensac dans la journée. Après, j'irai peut-être mieux. L'enquête pouvait attendre.

En descendant l'escalier intérieur de l'hôtel, je croisai Jocelyne Daguin, fraîche et pimpante, qui s'exclama en me voyant :

— Mon Dieu! que vous est-il arrivé? vous avez une mine de déterré!

— Mauvaise nuit.

— Je m'en doute... Venez, un bon café vous remettra!

Je me laissai emmener dans un petit recoin où l'on me servit un plantureux petit déjeuner auquel je ne touchai guère. Je me sentais barbouillé comme après une cuite carabinée. Daguin me rejoignit.

— On m'apprend que tu es dans un fichu état?

— Mal dormi...

— Pourquoi?

Je haussai les épaules pour éviter de répondre. Mon ami soupira :

— Eh bien! dis donc... Il ne m'a pas l'air triomphant ton retour au pays natal?

— Je m'en rendrai compte ce soir, quand je reviendrai de Vic.

— Tu as l'intention d'aller respirer ta jeunesse, mon pauvre croulant?

— J'irai y passer l'après-midi et la soirée.

— Veux-tu que je t'y conduise?

— Non, merci... Tu sais que c'est le genre de pèlerinage qu'il importe d'entreprendre seul.

A dix heures, je frappai à la porte du laboratoire Laloubère, place des Carmélites. Sans un mot, j'écartai Savournon qui m'avait ouvert et pénétrai dans la place. Le costaud me demanda :

— Vous venez voir le patron?

— Non.

— Ah?

— C'est à vous que je désire parler.

— A moi?

La chose lui parut si extraordinaire qu'il en resta quelques secondes la bouche ouverte, se demandant sans doute s'il avait bien entendu. Il répéta :

— A moi?

— Oui. Y a-t-il un endroit où nous puissions être tranquilles?

— Ben... chez nous?

— Allons-y!

Savournon me conduisit à une porte ouvrant

sur un petit salon où une bonne femme de modèle réduit, sèche, noiraude, s'affairait aux soins du ménage. Elle se retourna à notre entrée et me fit penser à un animal pris au piège. Savournon déclara :

— Ma femme, Hilda... — et me montrant, il expliqua —. Il veut me causer.

— Te causer de quoi?

— Je sais pas encore.

Elle me jeta un regard soupçonneux et commenta :

— Ça me plaît pas.

Ce fut au tour de son mari de me regarder. Il avait l'air malheureux. Coincé entre sa femme et moi, il hésitait. Je me portai à son secours.

— Madame Savournon...

Ne se départissant pas de sa hargne, de sa méfiance, elle me coupa :

— Qu'est-ce qui vous amène?

— Mon métier...

— Et qu'est-ce que c'est votre métier?

— Veiller sur les travaux de M. Laloubère.

— Vous êtes policier?

— Quelque chose dans ce genre.

— J'aime pas les policiers... Ils nous en ont trop fait voir...

— Vos histoires d'autrefois ne m'intéressent pas. Je souhaiterais que vous me parliez de Fred Montreux.

Soulagée, Mme Savournon m'invita à m'asseoir et lorsque je lui eus obéi, elle me servit — sans me demander mon avis — un liquide anisé dont elle devait tenir la recette de sa famille constantinoise. Quand nous eûmes trinqué, elle prit la direction des opérations.

— Comme ça, vous vous intéressez à M. Montreux?

— J'aimerais comprendre pour quelles raisons il s'est suicidé.

Elle hocha la tête.

— Qui peut comprendre? C'est des histoires personnelles... et les histoires personnelles, hein?

— Existait-il une femme dans sa vie?

— Je crois pas... Qu'est-ce que t'en penses, Marcel?

— On l'aurait su... et puis, M. Montreux, il était pas un homme à s'occuper de ces machins-là. Lui, pourvu qu'il soit à son travail, il était heureux.

— Pourtant, il s'est suicidé.

— Eh oui! je devine pas ce qui lui a pris.

— Et vous, madame?

— Moi non plus. Un homme de sa sorte, j'aurais jamais cru... Sérieux, aimable, un peu distrait... Non, franchement, je le vois pas jouant les jolis cœurs... et puis, quel genre de femme lui aurait plu? pas vrai, Marcel.

— Sûr...

— Savournon, racontez-moi ce qu'il s'est passé hier soir?

— Hilda et moi, on regardait la télé et voilà qu'on entend un coup de feu.

— Vous avez tout de suite songé à un coup de feu?

— Oui.

— Pourquoi?

— Depuis Alger on a l'habitude, nous deux Hilda.

— Qu'avez-vous fait?

— Je me suis précipité au laboratoire.

— Pourquoi étiez-vous certain que le bruit provenait de là?

— Dame! partout ailleurs, il y avait personne... M. Montreux s'était amené après le dîner pour travailler avec le patron qui est venu, un peu plus tard, nous souhaiter bonne nuit en nous avertissant de ne pas fermer la porte parce que M. Montreux il avait pas fini son boulot. On a écouté M. Laloubère monter chez lui et puis, au bout d'une bonne demi-heure — juste le film se terminait — on a entendu le coup de pistolet. Hein, Hilda?

Elle approuva en silence.

— Aussitôt, j'ai couru, j'ai ouvert la porte. La lumière était allumée. M. Montreux avait la tête sur son bureau. Il m'a pas fallu plus de quelques secondes pour comprendre que le pauvre s'était envoyé en l'air... Je m'apprêtais à grimper chez le patron pour le prévenir quand il est entré, en robe de chambre. Lorsqu'il a vu le cadavre, il est devenu tout pâle... Il m'a presque fait peur, tant il était raide... On aurait dit un somnambulé... Et puis, il a murmuré :

— C'est pas vrai... pas toi, vieux... pas toi!

— Ni lui, ni vous, n'avez pensé à autre chose qu'à un suicide?

— Et à quoi vous vouliez qu'on pense? Il avait encore son flingue dans la pogne et du sang plein le côté de la figure. Il s'était fait sauter, pas d'erreur là-dessus!

— Ensuite?

— Ma femme a rappliqué et je l'ai envoyée téléphoner au docteur qu'a pas tardé à s'amener. Il a constaté le décès par suicide et il a appelé la police... Le commissaire est arrivé. Il était de mauvais poil... Il avait l'air de penser que c'était pas une heure pour se suicider... On a emmené le pauvre M. Montreux à la morgue... On ira l'y chercher pour l'enterrer demain.

Depuis quelques instants, Pierre Tigery, entré sans bruit, écoutait notre conversation.

— Vous n'avez rien remarqué d'anormal dans le laboratoire au moment où vous y avez pénétré?

— Ma foi... Ah! si, peut-être... La fenêtre était pas complètement fermée et ça m'a surpris parce que M. Montreux, il était plutôt d'un tempérament frileux et il commence à pas faire chaud, la nuit.

— Vous n'avez pas tenté de savoir si cette fenêtre était déjà ouverte lorsque M. Laloubère a quitté son ami?

A cet instant, Tigery se mêla au débat.

— A quoi ça rime toutes ces questions?

Je me tournai vers lui.

— Je ne pense pas avoir réclamé votre avis?

Il avança d'un pas.

— J'aime pas les curieux, les gars qui fourrent leur nez partout!

— Confidence pour confidence, je n'aime pas les types qui ont une gueule dans le genre de la vôtre.

Hilda lança :

— Attention, Pierre! monsieur fait son boulot!

Tigery renifla avec mépris.

— Un flic?

Je devançai Mme Savournon pour lui répondre :

— Quelque chose comme ça, en plus mauvais.

— Et qu'est-ce que vous venez foutre ici?

— Vous le saurez.

— En tout cas, vous me plaisez pas et je vous conseille de pas me chercher si vous tenez pas à avoir de gros ennuis.

Je me levai lentement.

— Ecoute-moi, Tigery, je sais, moi, qui tu es : un pauvre truand à la dérive qu'on a repêché. Alors, n'essaie pas de m'impressionner. Tu te rends ridicule. A mon tour de te donner un conseil : tire-toi de ma route si tu ne désires pas retourner en prison ou filer au cimetière. Dans mon boulot, Tigery, on ne s'embarrasse pas de fioritures. Les gêneurs, on les supprime. Compris?

Je sortis de la pièce sans attendre sa réponse.

Le bruit de la porte qui s'ouvrait obligea Laloubère à relever la tête. A ma vue, il fronça le sourcil.

— Vous êtes fier de vous, hein?

Je refermai soigneusement derrière moi et m'approchai du bureau.

— Qu'entendez-vous par-là?

— Si vous n'étiez pas venu, Montreux serait encore avec nous!

— M'accuseriez-vous de l'avoir assassiné?

— D'un certain côté, oui! L'histoire grotesque inventée par votre patron, votre arrivée, tout cela a contribué à créer une atmosphère qui a brisé les nerfs de mon vieux camarade! Il n'a pas résisté!

— A quoi?

— Pardon?

— Vous dites qu'il n'a pas résisté et je vous demande : à quoi n'a-t-il pas résisté?

— Mais...

Je changeai de ton et passai à l'attaque.

— Cela suffit monsieur Laloubère. Cessez de faire le guignol.

Il se leva.

— Je ne vous permets pas de me parler sur...

— Assis!

Après une légère hésitation, il obéit en bafouillant :

— Incroyable!... Inadmissible...

— Monsieur Laloubère, pour quelles raisons Montreux s'est-il tué, à votre avis?

— Je vous ai dit...

— Ce que vous avez dit est stupide. D'abord, parce que vous connaissez assez le service pour savoir qu'on ne s'y raconte pas des histoires, ensuite parce que vous laissez entendre que Montreux était le traître qu'on m'a chargé de démasquer.

— Stupide!

— Dans ce cas, pour quelles raisons s'est-il suicidé?

— Mais bon Dieu! Comment voulez-vous que je le sache?

Je pris place sur une chaise.

— Et si nous faisions ensemble le tour de la question? Pour vous, Montreux était incapable de trahir son pays?

— Sans aucun doute!

— Lui connaissiez-vous des faiblesses, sentimentales ou autres, qui auraient pu l'amener à se suicider?

— Aucune!

— Qu'en savez-vous?

— Parce que nous n'avions pas de secret l'un pour l'autre. Nous étions amis depuis notre rencontre à la faculté des sciences de Marseille. Il y a vingt ans. Depuis, nous ne nous sommes pratiquement jamais quittés. Nos carrières ont été parallèles et nous avons presque toujours travaillé ensemble dès que nous eûmes passé notre doctorat. Il ne vivait que pour l'étude. La recherche était sa seule passion. Il reportait sur ma femme une partie de l'affection qu'il me témoignait et sans que cela puisse prêter à sourire, je puis dire que nous étions très unis tous les trois. Nous prenions nos rares distractions en commun. En bref, il était un peu notre frère à Christine et à moi.

— Donc, si j'ai bien suivi votre pensée, vous ne voyez pas la moindre raison susceptible de justifier son suicide?

— Pas la moindre.

— Dans ce cas, il n'y a qu'une explication...

Comme je tardais, exprès, à achever ma phrase, Laloubère, impatient, interrogea :

— Laquelle?

— ... Montreux ne s'est pas suicidé.

Il me contempla, les yeux ronds et balbutia :

— Si c'est une... une plaisanterie, elle est...

— Monsieur Laboulère ou c'est vous ou c'est moi, mais l'un des deux se trompe. Si vous voyez juste lorsque vous parlez du caractère de votre ami, alors il nous faut admettre ma thèse : n'ayant aucune raison de mettre fin à ses jours, Fred Montreux ne s'est pas suicidé. Si, par contre, nous sommes dans l'obligation d'accepter le fait du suicide, cela implique que vous vous êtes trompé du tout au tout en m'affirmant connaître votre ami à fond.

Laloubère paraissait complètement désorienté. Il donnait l'impression de se trouver devant un obstacle qu'il ne pouvait ni franchir ni contourner. Je ne le laissai pas souffler.

— Je vous serais obligé de convoquer ici, et à

l'instant, vos collaborateurs, y compris Savournon et Tigery.

— Je ne vois vraiment pas pourquoi vous...

— Monsieur Laloubère, ne pensez-vous pas que nous avons assez perdu de temps?

Ils étaient devant moi. Je les reconnaissais tous d'après les photos remises par Mlle Antoinette. Visiblement, ils se demandaient à quoi rimait ce rassemblement. Savournon se dandinait d'un pied sur l'autre. Au contraire, Tigery, presque replié sur lui-même, m'observait d'un œil haineux.

Laloubère prit la parole.

— Messieurs, je tiens à vous présenter M. Savières qui est venu nous aider.

Celui que je savais déjà être Hugier, s'enquit, ironique :

— Nous aider à quoi?

— Mais à... à...

Le patron bafouillait et je décidai de prendre le taureau par les cornes.

— Je crois que c'est inutile, monsieur Laloubère... Monsieur Hugier, j'appartiens au S. D. E. C. E. et je suis ici pour savoir lequel d'entre vous se propose de trahir en vendant à l'étranger les travaux de votre équipe.

Il se fit un silence de mort. Ils se regardaient les uns les autres, l'incrédulité peinte sur le visage, sauf Hugier qui ne paraissait pas tellement surpris. Il contre-attaqua presque aussitôt.

— Je n'ignorais pas votre métier, monsieur Savières...

Je l'interrompis pour remarquer vachement :

— Je n'aurai pas l'inélégance de vous demander qui vous a renseigné sur mon compte et sur ma mission.

Il rougit et se troubla tandis que des sourires complices voltigeaient sur certaines lèvres. La passion de mon interlocuteur pour Christine ne semblait pas être un secret tellement bien gardé.

— Monsieur, je ne comprends pas le sens de cette réflexion.

— Souhaitez-vous des précisions?

Il devait commencer à se mordre les doigts d'avoir voulu jouer les méprisants. Il rompit le combat en empruntant une autre voie.

— En tout cas, il est absolument ridicule de supposer que l'un d'entre nous soit susceptible de trahir ses camarades.

— C'est ce que me disait M. Laloubère, ce que m'a répété Mme Laloubère, ce que m'assurera chacun d'entre vous interrogé en particulier, seulement parmi vous, il y a justement celui qui trahit.

Hugier qui ne nourrissait aucune sympathie à mon égard, s'emporta :

— Vous n'avez pas le droit de...

— Monsieur Hugier, vos protestations sont de peu de poids face à la réalité.

— Qui est?

— Qui est que nos agents de Berlin nous ont appris que le dossier wagstram avait été proposé sur le marché.

Le coup porta et Hugier resta coi. Je me tournai vers Laloubère.

— Maintenant qu'ils n'ignorent plus ce que je suis venu faire, peut-être pourriez-vous me présenter vos collaborateurs?

Le patron s'exécuta sans le moindre enthousiasme.

— Bon... voici Jean Hugier, un chimiste de grande valeur...

Je reconnus le nez un peu fort, la calvitie frontale masquée avec un art consommé.

— Paul Mazoires, physicien. Un Breton à tête dure.

Celui-là aussi, je ne risquais pas d'oublier ses traits. Crâne tondu, lunettes, nez aigu évoquant l'étrave d'un navire, menton volontaire. On devinait en lui l'amoureux des stades, le maniaque de l'hygiène corporelle. Il fut le seul à me tendre la main en disant :

— Vous me plaisez. Vous êtes pour la bagarre, hein? je suis derrière vous et le moment venu, si vous le jugez bon, je passerai devant!

Sympathique, mais ne forçait-il pas un peu la note?

— Jules Poiroux qui, lorsqu'on le sort de ses mathématiques, a toujours l'air un peu perdu.

Celui-là, il avait le parfait visage de l'espion, à savoir l'impossibilité où l'on est de rappeler quoi que ce soit de cette figure banale, déjà marquée par l'âge bien que l'homme ne fît qu'approcher de la cinquantaine. Il posa sur moi un regard de myope et je suis presque certain qu'il ne me voyait pas. Il pensait (ou feignait) de penser à autre chose.

— Mlle Gomez qui nous vient de Madrid... Un cadeau de l'Espagne... Sa beauté ne l'empêche pas d'être une physicienne de haute qualité.

C'est vrai qu'elle était belle. Elle ressemblait aux filles ornant les affiches touristiques de l'Andalousie. Celle-là aurait été capable de me faire oublier Christine si je ne préférais les natures tendres aux volcaniques.

— Marcel Savournon et Pierre Tigery qui nous aident de leur mieux et sur qui nous pouvons compter.

Savournon me sourit gauchement, mais Tigery conserva son attitude hostile à mon endroit.

La présentation terminée, je repris la parole.

— Madame, messieurs, je voudrais vous persuader que je n'ai aucune prévention contre l'un quelconque d'entre vous. Je vous trouve sympathiques dans l'ensemble. Mais, dans mon métier, la première chose qu'on apprend est de ne pas se fier aux apparences. Je sais de manière indubitable qu'il y a un traître et un meurtrier parmi vous... Est-ce celui qui me regarde de travers ou celle qui me sourit ou celui qui affecte de me mépriser à moins que ce ne soit un autre? Je vous avoue que, pour l'heure, je n'en sais absolument rien, mais je vous donne ma parole d'honneur que je le trouverai. Je compte sur votre aide.

Hugier s'enquit :

— Quelle sorte d'aide?

— Essentiellement ne pas me mettre des bâtons dans les roues et répondre avec franchise aux questions que je serai appelé à vous poser.

La demoiselle Gomez réclama des explications :

— Vous avez parlé d'un traître et d'un assassin? Devons-nous croire que vous cherchez deux personnes?

— Non, une seule, car le traître et le meurtrier se confondent.

— Et qui a-t-il tué?

— Qui? mais Fred Montreux.

J'avais déclenché un beau hourvari. Tout le monde parlait à la fois. On s'interrogeait l'un l'autre. On s'exclamait. On haussait les épaules. C'est à peine s'il n'y en avait pas un ou deux qui ne se tapotaient pas le front en me regardant. J'enflai la voix :

— Madame, messieurs... Pour l'instant, vous êtes les seuls au courant. Si quelques-uns d'entre vous ont cru que Montreux s'était suicidé parce que craignant d'être découvert, ils peuvent rendre estime à sa mémoire. J'ai la preuve formelle que votre collègue a été assassiné. J'ajoute que la police l'ignore et qu'elle doit demeurer dans l'ignorance. Nous n'avons pas pour habitude de la prier de régler nos comptes personnels et nos histoires ne regardent que nous. Sur ce, madame, messieurs vous pouvez retourner à vos travaux, je vous verrai individuellement soit ici, soit ailleurs.

Ils quittèrent le bureau de leur patron sans un murmure. D'avoir appris le meurtre de Montreux les déconcertait. Maintenant ils allaient se suspecter mutuellement et je me disais que celui que je cherchais devait être très ennuyé de voir que sa ruse ne m'avait pas égaré.

Lorsque je fus de nouveau seul avec Laloubère, ce dernier me confia :

— Je crois que vous les avez eus... Pourtant, que voulez-vous, je suis peut-être vieux jeu, mais je ne parviens pas à accepter l'idée qu'il y a un assassin parmi eux... Je les connais tous, je suis au courant de leurs manies, de leurs défauts, de leurs goûts, de leurs soucis particuliers... en bref, ils sont un peu mes enfants même Poiroux bien qu'il soit mon aîné... Savières, je ne peux pas y croire...

— Il faudra vous faire une raison. Vous autres, savants, vous avez un peu trop tendance à vous peindre l'existence du monde extérieur, celui avec lequel vous avez pratiquement rompu, sous de trop fraîches couleurs.

— Enfin... Si vous êtes libre, venez déjeuner avec Christine et moi... Vous essaierez de me remonter le moral qui, je ne vous le cache pas, est plutôt bas.

— D'accord. Une heure?

— Une heure.

2

Comme je pénétrais sous le porche de l'Hôtel de France, Daguin me sauta dessus :

— Jacques, avoue-moi tout?

— Tout, quoi?

— Quel crime as-tu commis?

Je me demandai s'il en savait plus sur mon compte que je ne me le figurais.

— Je ne vois pas ce que tu insinues?

— N'essaie pas de me bluffer! Le commissaire de police ne s'est pas dérangé pour te souhaiter la bienvenue, dans le seul but de se montrer agréable envers mes clients, tout de même!

Je n'y étais plus.

— Le commissaire de police?

— Il t'attend au petit salon du fond, vous y serez mieux, toi pour lui faire tes aveux, lui pour les écouter... Sacré cachottier, va!

— Je t'assure que...

— Il paraît que Monsieur assiste à un accident des plus graves et fiche le camp au lieu de se conduire en bon citoyen et de fournir son témoignage! Alors, on est dans l'obligation de lancer toutes les polices de France à ses trousses pour le retrouver!

Je ne comprenais toujours rien à ce qu'il me racontait.

— Entre nous, vieux, ce doit être quelqu'un de drôlement important ce Duval pour qu'on mène un pareil tintamarre à seule fin de lui plaire?

— Oui, sans doute...

Le nom de Duval me rassérénait. La coïncidence eût été trop forte. L'histoire était télécommandée de Paris.

Daguin m'amena auprès du commissaire, un certain Remuzat qui me fit la meilleure impression.

— Voilà votre prisonnier, mon cher commissaire... Ne le maltraitez pas trop, ses cris pourraient déranger la clientèle!

Daguin parti, le policier me chuchota :

— J'ai trouvé ce prétexte d'un accident dont vous auriez été témoin... J'ai pensé que le nom de Duval vous permettrait de comprendre.

— Je vous remercie. Que se passe-t-il?

— J'ai reçu un coup de téléphone de ce M. Duval, tout à l'heure. Il me demandait de vous rencontrer au plus tôt et en dehors de mon bureau si possible. Il a ajouté que vous deviez me mettre au courant de choses graves et me donnait l'ordre de me placer à votre disposition, le cas échéant, et surtout de ne pas susciter d'histoire quoi que vous puissiez entreprendre et quoi qu'il puisse vous arriver. Je n'avais pas raccroché que c'était le ministère de l'Intérieur qui m'appelait et le Grand Patron lui-même tint à me confirmer ce que m'avait ordonné M. Duval. Vous devez vous douter que je suis très ému. Vous pensez, le ministre! Notez entre nous, que j'ai un peu la trouille, car ce n'est jamais très bon pour la carrière d'un modeste policier, d'être mêlé à des aventures où le secret semble être de rigueur. L'avancement si ça réussit, la voie de garage dans le cas contraire.

— S'il ne tient qu'à moi, monsieur le commissaire, ce sera l'avancement.

— Que le Dieu des policiers vous entende! Je vous écoute, cher monsieur.

Sans élever la voix, je le mis au courant du travail réel qui se poursuivait dans le laboratoire pharmaceutique. Je lui rapportai ce que nous avaient appris nos informateurs de Berlin et la mission qui m'incombait. Enfin, je lui révélai la vérité sur le pseudo-suicide de Montreux. Ce fut ce qu'il encaissa le plus mal.

— Pas très flatteur pour le flair de mes officiers de police, hein?

— Je pense que n'importe qui s'y serait laissé prendre et j'ai été dupé tout le premier.

— Merci. Sans être indiscret, puis-je vous demander si vous appartenez...

— Au S. D. E. C. E., monsieur le commissaire.

— Evidemment.

Il paraissait nettement dépassé.

— Bon. Eh bien! Monsieur, il ne paraît pas que j'aie la moindre initiative à prendre et, au fond, je m'en félicite. Tout ceci restera entre nous. La seule chose que je réclamerai de votre obligeance, c'est de ne pas me mettre, vis-à-vis de mes subordonnés, dans une position trop difficile... On risquerait de me réclamer des explications qu'il me serait presque impossible d'éluder. Et puis, il y a la presse.

— Si quelque chose de grave se produisait, je me permettrais de vous convoquer ici et, ensemble, nous envisagerions le problème.

— D'accord. Cependant méfiez-vous... Votre adversaire après le meurtre de Montreux, doit être prêt à tout. Il me déplairait d'avoir à téléphoner en haut lieu le jour et l'heure de vos obsèques.

— Vous êtes trop aimable.

Il se leva et me tendant la main :

— A moins d'un appel de votre part, je ne vous connais plus. J'ai même oublié votre nom.

Après la visite du commissaire, je décidai de m'offrir un tour de ville avant mon rendez-vous chez les Laloubère où il importait que je me présente l'esprit détendu et lucide, car j'attendais beaucoup de la conversation à trois qui, pour moi, serait le clou de ce déjeuner. En outre, la perspective de passer une heure ou deux en compagnie de Christine m'émouvait quelque peu.

Armé du livre *Mon vieil Auch* de l'érudit archiviste départemental, Henri Polge, et que Jocelyne Daguin m'avait remis pour me replonger dans l'ambiance d'autrefois, je partis le nez au vent, pareil à un vulgaire touriste. Cependant, à la différence de ce dernier, je ne me souciais guère d'un passé historique, c'était ma jeunesse studieuse que je souhaitais retrouver dans les coins de la vieille ville.

Sous les ombrages de la place Salinis, je suis allé m'appuyer à la balustrade de pierre pour contempler l'admirable panorama. Les souvenirs qui n'attendaient qu'une occasion pour me sauter dessus, me remirent en mémoire cette gentille brunette — comment donc s'appelait-elle? Je me rappelle qu'elle portait un nom amusant... Elmine? Elvire?... quelque chose dans ce genre — qui fréquentait encore le collège. Nous nous aimions platoniquement... C'est peut-être pour cela que je ne l'ai pas complètement oubliée et nous venions sur cette terrasse où je me trouvais en cet instant, pour bâtir notre commun avenir que nous envisagions sous les couleurs les plus enivrantes et dont la condition première était la fuite sous d'autres cieux, Auch et le Gers n'étant pas des cadres suffisants à nos mutuelles ambitions. Qu'est-elle devenue ma petite amie de ce temps-là? Une bonne mère de famille, sans doute... La reconnaîtrais-je si je la rencontrais? Je dus, à ma honte, m'avouer que non. Au moment où je posai le pied sur la première marche de l'escalier monumental, je me souvins. Elle se prénommait Palmyre.

Au passage, je saluai la statue de d'Artagnan, notre héros national et tant pis si, comme le prétend Henri Polge, il fut un homme bien différent de sa légende. Pour nous, Gascons, il demeure celui en qui se retrouvent toutes les vertus dont nous nous réclamons.

Arrivé sur le boulevard Sadi-Carnot, je tournai à droite et me heurtai presque à un couple en qui je reconnus le distrait mathématicien Poiroux accompagné d'une femme élégante, aux traits un peu flous mais jolis. La quarantaine lui donnait cet aspect tendre et un peu fané des Emma Bovary de la province française. Elle avait un regard très doux. Elle portait un filet à provisions, ce qui nuisait à la poésie de son personnage. Je pensai qu'il s'agissait de Mme Poiroux et je profitai du hasard de cette rencontre pour m'attaquer au couple dont l'homme figurait sur la liste de mes suspects.

— Je constate avec plaisir, monsieur le mathématicien, que vous ne vous nourrissez pas seulement de chiffres!

Interloqué, il me regarda. Visiblement, il ne me reconnaissait pas.

— Je vous demande pardon, monsieur, mais je ne crois pas...

— Voyons, monsieur Poiroux, la réunion, tout à l'heure, dans le bureau de M. Laloubère?

— Oh! oui... Excusez-moi... Je suis impardonnable...

Celle que je tenais pour Mme Poiroux, intervint :

— Pardonnez-lui quand même, monsieur, Jules est d'une distraction maladive... Il ne prête absolument pas attention à ce qui se passe autour de lui. Il lui arrive même de ne pas me reconnaître!

Poiroux eut un bon rire.

— Alors, là, Paulette, tu exagères!

— Crois-tu? La preuve c'est que tu ne m'as pas encore présenté monsieur...

Cette remarque était accompagnée d'un si

chaud sourire à mon adresse que j'en eus des chatouillis tout au long de la colonne vertébrale.

— Excuse-moi, chérie... M. Savières est venu nous rejoindre pour tenter de découvrir le meurtrier de Montreux.

Elle ne parut pas jouer la comédie en s'exclamant :

— Meurtrier! Mais... il ne s'est donc pas suicidé?

— Chut! Ne parle pas si fort, on pourrait t'entendre et... enfin, c'est un secret d'État.

Je vis ses narines palpiter. Elle était prodigieusement intéressée... A la façon dont elle me regardait, je devinais qu'elle m'assimilait à l'un quelconque de ses acteurs préférés. Remise de sa courte émotion, elle me confia gentiment :

— Puisque mon mari ne semble pouvoir s'y décider, laissez-moi vous confirmer ce que vous avez sans doute déjà deviné à savoir que je m'appelle Paulette Poiroux et que je suis l'épouse de ce vieil enfant...

Je m'inclinai en bafouillant n'importe quelle banalité qui parut, cependant, ravir mon interlocutrice.

— Si vous vous ennuyez un de ces soirs, venez donc dîner en notre compagnie... Vous nous donnerez les dernières nouvelles de Paris, car je suppose que vous arrivez de Paris?

— En compagnie de Mme Laloubère.

— Ah?

Son visage se ferma, mais elle tint à préciser :

— Malgré tout, mon invitation tient toujours, monsieur Savières, quoique je ne puisse vous garantir que vous serez aussi bien chez moi qu'auprès de la belle et séduisante Christine...

Je l'assurai de ma conviction contraire et quand nous nous sommes séparés, j'avais au moins appris quelque chose : les deux femmes ne s'aimaient guère.

Pour ne pas sembler suivre, ne fût-ce qu'un instant, les Poiroux et parce que j'en avais assez de leur compagnie, je revins sur mes pas et remontai la rue de Charras si souvent parcourue avec les copains du temps où j'étais pensionnaire au lycée d'Auch. Une fois arrivé à la place Louis-Blanc, je m'engageai dans la rue Boudin lorsque je crus reconnaître l'élégante silhouette de la femme marchant devant moi. Je hâtai le pas et constatai que je ne m'étais pas trompé.

— Je ne voudrais pas que vous vous figuriez que je vous suivais, mademoiselle...

Amparo Gomez me sourit.

— Monsieur Savières! Pourquoi voulez-vous que je croie à une filature?

— Nous rencontrer ici... dans cette rue déserte...

— C'est tout à fait normal, au contraire, monsieur le policier, car j'habite à quelques pas d'ici, place Puits-de-Mothe... Souhaitez-vous m'y accompagner pour être certain que je vous dis la vérité?

— Je crains que vous ne soyez en train de vous moquer de moi?

— Serait-ce suffisant pour que vous me jetiez en prison?

Le badinage continua jusqu'à ce que nous soyons devant sa porte. Elle demeurait dans une très vieille maison, ayant gardé son aspect moyenâgeux.

— Elle est belle, n'est-ce pas?

Les yeux d'Amparo brillaient alors qu'elle me posait cette question.

— Très belle... Ça ne m'étonne pas que vous l'ayez choisie.

— Politesse ou sincérité?

— Sincérité.

— Dans ce cas, merci. Désirez-vous jeter un coup d'œil à l'intérieur?

— Ce serait avec plaisir si je n'étais invité chez les Laloubère.

Elle se mordit les lèvres de dépit.

— Je comprends : on ne saurait faire attendre la belle et émouvante Christine!

Doucement, je demandai :

— Pourquoi ne l'aimez-vous pas?

Tout le feu de l'Andalousie semblait brûler dans sa voix rendue rauque par une passion mal contenue.

— Parce que je déteste les molles, les dolentes, celles qui jouent les enfants attardés alors que souvent, elles sont plus rouées que celles se battant au grand jour!

— Vous vous êtes beaucoup battue?

— Beaucoup... Je suis la fille de gens pauvres, pauvres comme on pouvait l'être sur la terre andalouse... On se couchait presque toujours avec la faim au ventre... Je n'ai eu ma première paire de chaussures qu'à dix-neuf ans... J'allais à l'école pieds nus, au collège et plus tard, à l'Université, je portais des sandales... J'avais compris que seule l'étude pouvait me libérer...

— Et le mariage?

— On n'épouse pas les pauvresses, monsieur Savières, et l'exemple du couple misérable que formaient mon père et ma mère ne m'incitait pas à fonder un foyer... mais si ma vie vous intéresse, je vous la raconterai lorsque vous viendrez me voir. Je vous préparerai une paella et nous parlerons de ce malheureux Montreux qui ne méritait vraiment pas un sort pareil

— Pour quelles raisons?

— Je ne sais comment vous exprimer ma pensée, mais j'ai le sentiment que cette mort a été trop... trop grande pour lui. Est-ce que vous saisissez?

— Oui, je crois.

Me hâtant vers la place des Carmélites, par la rue Lamartine et la place de la République, je me félicitai de ma rencontre avec Amparo Gomez et des quelques mots échangés. Cette jolie Espagnole me plaisait. Elle non plus ne portait pas Christine dans son cœur. Etait-elle jalouse ou simplement plus perspicace que moi?

En m'ouvrant la porte, Savournon me chuchota :

— Hilda et moi, on voudrait vous causer si vous avez une minute.

Je le suivis dans la pièce où j'avais fait connaissance de la petite épouse noiraude du colosse. Ils avaient l'air embarrassé tous les deux. Parce qu'ils ne se décidaient pas, j'attaquai :

— Alors?

Le regard de Savournon à sa femme ressemblait à un S. O. S. et Hilda parla.

— On tenait seulement à vous dire qu'on avait une grosse estime pour M. Montreux et je crois qu'il nous considérait bien. Son suicide, ça nous a fichu un coup à Marcel et à moi, mais d'apprendre qu'on l'avait assassiné, on en a été tout remué. Alors, avec Marcel, on vous aidera autant qu'on pourra pour trouver le coupable... Vous aurez qu'à nous confier son nom et puis, si vous le désirez, Marcel se chargera de lui. Pas vrai, Marcel?

Marcel sourit à son Hilda comme si elle lui demandait d'aller chercher un quart de beurre chez l'épicier.

— Tu sais que pour moi, ça sera un plaisir...

De solides alliés qui pourraient m'être très utiles si les choses se gâtaient vraiment.

— Je vous remercie tous les deux. Maintenant, avec votre aide, je suis sûr de réussir et nous vengerons Montreux.

Les Laloubère n'avaient pas de domestique et ce fut le maître de maison lui-même qui me reçut.

— Vous êtes, mon cher, d'une exactitude impressionnante, ma femme vient juste de finir de mettre le couvert. Apéritif?

— Merci.

Christine ne tarda pas à nous rejoindre et sans doute en mon honneur, elle avait revêtu une de ses dernières acquisitions parisiennes : une robe bleue qui lui allait à ravir. Je trouvais Amparo très belle, Paulette Poiroux émouvante, mais à mes yeux, Christine l'emportait. Pour quelles raisons? Il me serait impossible de l'expliquer et la suprématie que je lui accordais, résultait peut-être du fait que si les deux autres me plaisaient, elle, je l'aimais. Elle se montra très aimable à mon égard et traita son mari avec une gentillesse qui cachait mal une parfaite indifférence sentimentale.

Laloubère avoua tout de suite ne rien connaître à la bonne chère et qu'il s'en remettait entièrement à sa femme sur ce chapitre de même que sur pas mal d'autres. Cette dernière avait mis les petits plats dans les grands et dès le début — un foie gras des Landes arrosé d'un Château-Yquem — je compris que nous étions partis pour une belle aventure gastronomique. Pendant que nous dégustions cette première et royale assiette, nous parlâmes d'Auch et du Gers. La seconde assiette était constituée par une brochette de cœur d'oie, plat que je n'avais pas mangé depuis mon enfance. Je félicitai mon hôtesse qui reconnut modestement :

— C'est Duffour du « Relais de l'Armagnac » à Luppé-Violles qui m'a appris à réussir ce plat. Vous savez, monsieur Savières, depuis que je suis dans ce pays béni, je me suis découvert des talents de cordon-bleu.

Tandis que nous mangions ces merveilleuses brochettes, j'évoquais les amis d'autrefois et mes hôtes me renseignaient sur ce qu'étaient devenus certains d'entre eux. En bref, les uns et les autres évitions de parler de Montreux. J'aimais autant. Je finissais de boire mon verre de Tursan, lorsque Christine revint, portant un plat qu'elle nous annonça devoir être son chef-d'œuvre de la journée.

— Et s'il n'est pas bon, c'est que je l'ai raté ou que votre ami Daguin à qui j'en dois la recette, s'est payé ma tête!

Il s'agissait d'un morceau de pain frit sur lequel reposait une belle tranche de bœuf sauté au beurre, flambé à l'Armagnac, dont la sauce à l'échalote et au Madiran avait été réduite avant qu'on y incorporât une espagnole. Cet édifice était surplombé par une escalope de ris de veau crémée. De quoi tomber à genoux et remercier Dieu de nous avoir permis de naître en France.

Avec ce plat, il ne pouvait être question de boire autre chose que du Madiran et nous étions — du moins Christine et moi — plongés dans une euphorie béate lorsque tout à trac, Laloubère qui avait dû manger sans même se rendre compte de ce qu'il avalait déclara :

— Mon pauvre Fred aurait été si heureux de partager ce repas.

Du coup, l'atmosphère s'alourdit. Christine m'avertit avec tristesse :

— Mon mari m'a mise au courant... S'il existait vraiment un homme inoffensif, c'était bien Montreux... Je me demande pourquoi on a cru nécessaire de le tuer?

— La réponse est facile, madame. On l'a assassiné parce qu'il savait qui trahissait.

Laloubère intervint :

— Impossible, sinon il me l'aurait confié!

— Peut-être ne possédait-il pas la preuve suffisante pour vous convaincre... peut-être aussi son meurtrier a-t-il cru qu'il la possédait...

— Je vous répète que c'est impossible et que Fred n'avait pas de secret pour moi!

Christine renchérit :

— D'ailleurs, Montreux n'était pas un homme à secret.

— Vous vous trompez tous les deux et que vous vous trompiez aussi totalement sur son compte, montre que le disparu était beaucoup plus rusé que son aspect falot, débonnaire, ne permettait de le supposer.

Laloubère s'énerva :

— Mais bon sang de bois! qu'est-ce qui vous permet d'affirmer que...

Je l'interrompis sèchement :

— En plus de son métier de chercheur, Montreux appartenait à nos services.

Dans le silence total qui suivit cette révélation, j'entendis le bruit clair de la fourchette que Christine avait lâchée et qui avait heurté l'assiette. Laloubère chuchota :

— Vous en êtes sûr?

— Paris me l'a confirmé, hier soir.

— Ça alors... Tu entends Christine?

— Oui... Personne n'est donc sincère?

Je pris la défense du mort.

— Il n'avait pas le droit de le révéler à quiconque.

— Pourtant, vous...

— Moi, c'est autre chose. Je n'ai plus de précautions ni de ménagements à prendre. J'attaque au grand jour parce que le danger est pressant. Il faut que je mette la main au collet du traître avant qu'il n'ait eu le temps de photocopier vos travaux, monsieur Laloubère.

— Ne vous tracassez pas sur ce point. Mon dossier est bien caché, je vous prie de le croire.

— Je le souhaite, mais je ne serai vraiment tranquille que lorsque j'aurai éliminé l'assassin de Montreux.

D'un commun accord, nous refusâmes le dessert. Christine ne s'en formalisa pas. A la vérité, elle était trop bouleversée par ce qu'elle venait d'apprendre pour attacher de l'importance à cette faute de tact. Nous sommes passés au salon et lorsque la maîtresse de maison nous eut servi le café et versé un petit verre d'Armagnac, elle me dit :

— Vous ne doutez pas, j'espère, cher monsieur, que mon mari et moi ferons tout ce qui sera en notre pouvoir pour vous faciliter la tâche. Apprenez-nous seulement de quelle façon nous devons agir?

— Comprenez-moi bien tous les deux. Le traître vit près de vous. Aucune autre explication n'est plausible. Cet homme sait qu'il a la possibilité de photocopier les documents quand il lui plaîra et pour cela, il est nécessaire que sa présence dans le laboratoire ne surprenne personne. Donc, notre choix est restreint : Vous, monsieur Laloubère...

Il eut un haut-le-corps, mais j'enchaînai sans lui laisser le temps de protester :

— ... vous, madame...

Christine demeura immobile.

— ... Hugier... Poiroux... Mazoires... Mlle Gomez... Savournon et Tigery.

Laloubère secouait la tête, obstiné, refusant la logique, l'évidence. Je poursuivis :

— Vous me seriez utiles, l'un et l'autre, si vous me parliez de ces gens, de manière à ce que j'essaie de comprendre leur psychologie.

Mon hôte écarta les bras dans un geste d'impuissance.

— Comment voulez-vous que j'ose donner mon opinion sur mes collaborateurs alors que je me suis si totalement trompé sur Montreux?

— Essayez tout de même.

— Soit... De qui souhaitez-vous que je vous entretienne?

— Je ne sais pas, moi. Hugier, par exemple?

Je surpris nettement la crispation des mains de mon hôtesse.

— Il n'y a pas grand-chose à dire sur son compte, n'est-ce pas Christine? C'est un Lyonnais et un très honnête chimiste. Il doit approcher de la quarantaine. Il est célibataire, mais je le soupçonne d'avoir un attachement sérieux en ville.

Je jetai un nouveau coup d'œil à Christine qui rougit. Si ce pauvre Laloubère s'était douté de l'objet de cet attachement...

— En bref, un garçon sérieux qui paraît n'avoir qu'une passion profonde les chevaux. Un éleveur manqué en quelque sorte.

— Et Mazoires?

— Lui? c'est l'athlète à l'état pur. En dehors de la physique, il n'aime que le muscle. Dès que ce Nantais dispose d'une heure ou deux, il se précipite au gymnase. Il est très fier d'avoir, à quarante-trois ans, le corps d'un garçon de trente. Sitôt que la saison de rugby commence, il passe tous ses dimanches sur le stade quel que soit le temps. Il a joué, autrefois, au F. C. nantais. Il nous l'a assez répété pour que je le sache.

— Sa femme?

— Aucun renseignement à vous fournir, et toi, Christine?

Ayant recouvré son sang-froid, Mme Laloubère m'expliqua :

— Berthe est une épouse malheureuse... Si elle aime son mari, le sport lui est indifférent et depuis qu'elle a constaté que son compagnon lui préférait le rugby, elle se contente de lui obéir, de le suivre. Physiquement, elle se néglige. Pour qui se voudrait-elle belle? Bien que pas laide, elle est terne, passive... Je la plains et j'ai beaucoup d'affection pour elle.

— En somme, si Mazoires était l'homme que je cherche, Berthe n'en saurait rien?

— Sûrement pas!

Laloubère prit le relais.

— Quant à Jules Poiroux, c'est notre « Jean de la Lune ». Je ne pense pas qu'il s'aperçoive de ce qu'il se passe autour de lui. Sorti de ses chiffres, il est perdu. Depuis une quinzaine d'années qu'il est marié, je ne jurerais pas qu'il ait encore remarqué sa femme. Il y a des moments où il doit se demander quelle est cette personne qu'il trouve sans cesse sur son chemin. Il est alsacien, mais ne ressemble malheureusement pas à l'Ami Fritz qui était de si bonne compagnie.

— Il m'est arrivé de rencontrer des gens qui paraissaient complètement détachés des choses de ce monde et qui s'affirmaient, en réalité, de très dangereuses canailles.

— Je ne crois pas que ce soit le cas de Poiroux!

Je m'adressai à Christine :

— Et Mme Poiroux?

— Paulette a sûrement été très belle et possède encore de beaux restes. Son mariage est, pour moi, une énigme. Alsacienne, elle aussi, je la soupçonne d'avoir épousé Poiroux par ambition. Sans doute le voyait-elle à la Faculté des sciences de Paris et elle, assistant à des présentations de mode... Elle a dû subir une terrible déception. Elle ne se console pas de vivre à Auch. Tous les mercredis, elle se rend à Toulouse où j'imagine qu'elle se donne l'illusion d'être une châtelaine oubliant, un instant, son château et ses terres pour se promener dans l'anonymat reposant de la capitale.

— M. Poiroux ne s'inquiète pas de ces voyages hebdomadaires?

— S'en inquiéter? Pour quelles raisons s'en inquiéterait-il?

— Mme Poiroux pourrait rejoindre quelqu'un?

— Je ne le pense pas et puis, même si cela était, Poiroux n'y croirait pas ou se montrerait indifférent. Ces histoires-là n'ont pas leur place dans son monde glacé.

— En venant chez vous, j'ai rencontré Mlle Gomez.

— Notre vamp! Elle est très jolie, n'est-ce pas?

— Très.

— Vous aurait-elle déjà séduit, cher monsieur?

— On ne me séduit pas aussi facilement et puis j'aime ailleurs.

Mme Laloubère fit entendre un petit rire de tête complètement idiot.

— Je me figure que les hommes mentent sans cesse sur ce chapitre.

— Pas quand ils le disent pour la première fois. Peut-être est-ce l'unique instant de leur vie où ils sont sincères, après, ils n'en ont plus la possibilité.

— Et pourquoi donc, Seigneur!

Trop de souvenirs... Pour en revenir à Mlle Gomez...

— Demandez à mon mari, lui aussi compte parmi ses admirateurs.

Henri Laloubère avoua :

— C'est vrai que tous, nous aimons bien Amparo. Dans notre milieu un peu sévère, elle apporte sa jeunesse, sa beauté, sa joie de vivre et, ce qui ne gâte rien, son savoir.

Christine s'exclama gaiement :

— Qu'est-ce que je vous disais!

— ... Elle est une physicienne de tout premier ordre et a laissé la meilleure impression à l'université de Madrid où elle enseignait. Elle est la seule à pouvoir arracher Poiroux à ses chiffres, de temps à autre. Quant à Savournon, c'est un bon gros dévoué et sa femme, Hilda, se plaît beaucoup à Auch où elle affirme retrouver un peu le climat de son Constantinois natal. Tigery est une brute qui ne connaît que la consigne. Sur ce, mon cher ami, souffrez que je vous quitte, j'ai hâte d'achever mes travaux. Je ne serai soulagé que lorsque M. Duval aura le dossier wagstram entre les mains. Restez encore un peu avec Christine, si vous n'êtes pas pressé, et parlez-lui donc de vos voyages qui n'ont pas dû manquer d'imprévu, je suppose. Je suis persuadé que vous l'intéresserez. Vous verra-t-on cet après-midi?

— Non, j'ai l'intention de me rendre chez moi à Vic-Fezensac, et de n'en revenir que par le dernier car.

— A demain, donc?

— A demain.

Quand nous fûmes en tête à tête, Mme Laloubère et moi, nous ne sûmes pas trop quoi dire. Je me décidai.

Permettez-moi de vous féliciter.

— Vraiment? mon déjeuner vous a plu?

— Il était excellent, mais ce n'est pas à vos talents de cuisinière que je pensais. Plutôt à votre sang-froid.

— Je ne saisis pas ce que...

Oh! si... Vous comprenez très bien, chère madame. Vous n'êtes point sotte... Vous êtes angoissée, n'est-ce pas, depuis que je vous ai appris que Montreux était des nôtres?

— Je ne vois pas pour...

— Parce que vous savez que lorsqu'on tue un de nos agents, rien ne peut plus nous arrêter. J'y mettrai le temps qu'il faudra, mais j'abattrai le meurtrier de Montreux et si je disparais avant, un autre prendra ma place. La machine est en route. Vous avez raison de trembler pour celui que vous tentez de protéger.

— Vous êtes fou!

— Clairvoyant serait mieux.

Elle semblait plus furieuse que surprise.

— Je ne comprends pas vos insinuations, monsieur Savières. Vous est-il impossible de parler franchement?

— Je parlerai franchement et clairement lorsque le moment sera venu, vous vous en rendrez compte.

— En somme, vous me prenez sinon pour la meurtrière de Montreux, du moins pour la complice de son assassin?

— Dispensez-moi de vous répondre.

— Vous craignez d'assumer vos responsabilités?

— Oui.

— Pourquoi?

— Parce que j'ai peur d'être obligé de vous impliquer et dans la trahison et dans le meurtre.

— Est-ce l'habitude des policiers de redouter d'arrêter celle qu'ils suspectent?

— Oui, quand ils l'aiment.

Nous nous sommes tus. Christine regardait obstinément les fleurs du tapis. Ensuite, relevant la tête, elle me confia :

— C'est stupide, mais j'ai l'impression que vous êtes sincère...

— Je le suis.

— Alors, je vous plains.

Il y avait de la douceur dans sa voix. Elle se leva :

— Vous voudrez bien m'excuser... J'ai rendez-vous chez ma couturière...

Il me parut qu'elle avait eu une imperceptible hésitation. Christine mentait mal.

En abandonnant le laboratoire, je m'engageai dans la rue de Valmy et me dissimulai sous un porche d'où je pouvais voir la maison que je venais de quitter. J'attendis patiemment que ma douce Christine se montrât. Au bout d'un quart d'heure, elle apparut, regarda soigneusement à droite et à gauche (ce qui me sembla bizarre pour une dame se rendant chez sa couturière) et se dirigea vers la rue où je me tenais. Je m'écrasai contre le mur, dans l'ombre. J'entendis son pas qui se rapprochait. Je retins mon souffle au moment où elle parvenait à ma hauteur. Je respirai en notant qu'il n'y avait pas le plus léger ralentissement de cadence dans sa marche et lorsque l'écho de ses talons sur le trottoir commença à s'atténuer, je sortis une tête prudente pour voir mon charmant gibier atteindre la rue d'Espagne et tourner à droite. Je me hâtai vers l'angle de la maison bordant les deux voies et arrivai juste à temps pour percevoir la gracieuse silhouette partir encore sur sa droite, dans la rue Alem-Rousseau qui remontait vers la place des Carmélites d'où Christine arrivait. Quel curieux manège... A présent, je savais qu'elle n'allait point chez sa couturière. Parvenue dans la rue d'Etigny, Mme Laloubère fila à gauche, traversa la place de la Liberté pour prendre la rue Edgar-Quinet qui n'offre aucun intérêt sinon celui de se situer hors du trafic de la ville. On avait peu de chance d'y rencontrer quelqu'un de connaissance. Visiblement, ma chère Christine souhaitait que sa présence dans ce coin passât inaperçue. Elle traversa la rue du Docteur-Samalens à la circulation automobile intense, longea le mur de soutènement latéral des allées d'Etigny jusqu'au premier escalier lui permettant de monter aux dites allées. Je courus jusqu'à la place de la Libération et, misant sur le fait que ma menteuse avait rendez-vous en cet endroit que l'heure n'encombrait guère de promeneurs et dont la fraîcheur de l'air avait chassé les mères de famille, je contournai l'entrée principale de cette espèce de promenade suspendue, traversai la place Denfert-Rochereau et parvenu presque à la hauteur de la gare des autocars, je me jetai, quelque peu essoufflé, dans le chemin de terre battue qui grimpe jusqu'aux allées d'Etigny.

Me dissimulant derrière le premier arbre qui se présentait à moi, je tâchai de repérer Mme Laloubère. Ne l'apercevant pas, je remontai d'arbre en arbre. Il me fallut arriver au dernier tiers de la promenade ombragée pour la voir assise sur un banc et parlant avec animation à un homme. Mon cœur se serra lorsque je remarquai qu'il lui tenait la main. S'agissait-il du traître meurtrier qu'elle protégeait ou plus banalement d'un amant fidèle à un rendez-vous habituel? Je revins lentement sur mes pas, partagé entre la peine et la colère, car il ne m'avait pas fallu l'observer longtemps pour reconnaître Jean Hugier, dans mon heureux rival.

Je redescendis le petit chemin monté à grand-peine et j'eus la chance de me présenter à la gare des autocars au moment où partait celui qui me mènerait à Vic-Fezensac. Je l'attrapai au vol.

3

A Vic, je me suis efforcé d'oublier Christine et ceux qui grouillaient autour d'elle, pour piquer une tête dans mon passé. Je n'essayai pas de chercher tout de suite des visages d'autrefois. Je voulais, avant tout, retrouver le décor ancien. En passant devant la porte des arênes, je me revis la première fois que j'y pénétrai pour tenter d'enlever une cocarde à une vachette nerveuse et bondissante, uniquement pour être admiré d'une gamine dont j'avais oublié les traits et qui ne vint pas prendre de mes nouvelles alors que, couvert de contusions, je gardai le lit durant une semaine après l'exploit raté. Il me semblait encore entendre les rires qui avaient salué ma chute, rires où se fichait, sans doute, celui, clair et aigu, de ma dulcinée aux cheveux nattés. Le souvenir de la gamine ingrate réimposa celui de Christine. Je secouai la tête, pareil au taureau que les mouches harcèlent, pour me débarrasser d'images auxquelles je ne voulais plus penser.

La vue de la maison paternelle me mit les larmes aux yeux Si j'avais su ce que la vie me réservait, j'aurais été moins fier, moins sûr de moi le jour où je fermai définitivement la porte de la vieille demeure. Il aurait fallu que quelqu'un se trouvât là pour me persuader que j'étais en train de renoncer au bonheur. Il est vrai que je ne l'aurais certainement pas écouté. Paris était loin, très loin, perdu dans un autre monde. Je me voyais travaillant à je ne sais quoi dans une pièce aux murs couverts de photos encadrées, représentant ceux dont je descendais et des meubles d'autrefois établissaient une continuité matérielle avec eux. La tâche terminée, je sortais pour rejoindre les amis, sur la place s'il faisait beau, dans l'ombre d'un chai si le ciel était gris. Rien qu'à évoquer ce qui aurait pu être, je sentais le bouquet du verre d'Armagnac longuement humé, me chatouiller les fosses nasales. Je savais les maisons qui produisaient encore l'eau-de-vie dorée selon les méthodes traditionnelles et j'étais sûr, en m'y rendant, d'y déguster quelque chose de « vrai », de sincère. Hélas... Tout cela n'était qu'un rêve. Trop tard! Je devais continuer sur la route jadis choisie, même si elle me dégoûtait, pour ne pas mourir de faim et devenir un clochard dans le genre de Mathieu.

On m'appela par mon nom, sur la place. Je me retournai pour me trouver en face d'un solide gaillard qui venait à moi en me tendant les bras :

— Je ne rêve pas! C'est bien toi, Jacques!

Il me fallut un moment pour mettre un nom sur cette bonne figure rougeaude qu'un large sourire fendait en deux.

— Prosper Montamel...

— Eh oui...

Nous nous étreignîmes. Il était sincèrement ému le brave gars et je crois bien que je l'étais aussi.

— Tu es revenu au pays?

— Comme tu vois.

— Pour de bon?

— Malheureusement, non.

— Dommage, on avait beaucoup d'amitié pour toi.

— Moi aussi.

— Seulement t'as foutu le camp.

— J'avais vingt ans.

— L'âge con, je sais.

— On m'a raconté que t'étais dans la pharmacie?

— Représentant en produits pharmaceutiques.

Il haussa les épaules, écœuré.

— Si c'est pas dingue de vendre des potions quand on a eu la chance de naître au pays de l'Armagnac! Où es-tu descendu?

— Chez Daguin, à Auch.

— En somme, tu es juste venu faire un tour? Non, je ne veux pas te dire ce que je pense parce que pour une fois qu'on se retrouve, on va pas s'engueuler. Viens jusqu'à la maison que je te présente la femme et les gosses.

Avec Prosper aussi, j'avais joué au rugby. Je crois même me rappeler que nous avions appris le rudiment du métier ensemble dans l'équipe des débutants de Vic-Fezensac.

Mon ami Montamel possédait une sorte de villa à peine en dehors de Vic, sur la route d'Eauze. Mme Montamel était une belle brune, bien en chair et qui avait l'air d'une créature née pour rire. Les enfants, Paul une quinzaine d'années, un brun râblé ressemblait à sa mère dont il paraissait avoir hérité l'humeur joyeuse tandis que Monique, une gamine de douze ans, avait les traits de son père et aussi ce côté « sans secousse » qui l'empêchait de se faire du mauvais sang. Il n'était pas besoin de les observer longuement, ces quatre-là, pour admettre que les Montamel formaient une famille unie.

— Et qu'est-ce que tu es devenu, toi, Prosper?

— Moi, monsieur, je n'ai pas trahi mon pays natal et je suis, comme il se doit, négociant en Armagnac. Les affaires ont tout de suite bien marché et quand j'ai eu mis quelques sous de côté, je me suis cherché une femme. J'ai trouvé celle-là du côté de Nogaro. Pour être franc, je ne crois pas avoir fait une trop mauvaise acquisition.

La maîtresse de maison s'écria :

— Et mon avis, il faudrait peut-être me le demander, non?

— Pour quoi? Je sais très bien, et les petits le savent aussi, que matin et soir, tu remercies le Ciel à genoux, de t'avoir donné la perle des maris.

Et tout cela coupé d'éclats de rire, de cris joyeux qui crevaient le cœur du solitaire que j'étais et qui, en face de ce bonheur étalé de la façon la plus saine, mesurait ce qu'il avait négligé et à jamais perdu.

Il ne fut naturellement pas question que j'aille dîner ailleurs et tandis que Mme Montamel préparait la garbure qu'accompagnerait le confit réchauffé doucement dans sa graisse et que nous mangerions avec des frites, Prosper et moi, sommes allés voir les copains d'autrefois. Partout, on me reçut avec un plaisir sincère et chaque témoignage d'affection me poussait à me haïr un peu plus pour avoir, jadis, renoncé à ce petit paradis sur terre. Ainsi qu'il se doit, chacun débouchait la bouteille du « patron » et les dégustations succédaient aux dégustations, dans le salon, sur un coin de la table de la salle à manger, debout dans le chai. Le décor variait avec la fortune, mais l'Armagnac restait de tout premier ordre, car c'était celui que les gens de Vic-Fezensac gardent pour eux.

Quand l'heure sonna de notre rendez-vous avec la garbure de Mme Montamel, Prosper et moi étions légèrement « fatigués » et nous avions mutuellement besoin de l'appui de l'autre pour conserver un équilibre difficile et une dignité compromise. Mme Montamel ne se trompa pas sur notre état. Loin de s'en fâcher, elle se mit à rire (je me demandai s'il arrivait à cette femme d'être triste) et déclara qu'il était grand temps que nous nous mettions quelque chose dans l'estomac pour diluer ou éponger l'alcool absorbé.

Le dîner fut ce qu'il promettait d'être dans une maison où l'on s'efforçait de conserver les règles essentielles de la cuisine régionale. Il faisait nuit lorsque Prosper m'accompagna jusqu'au car devant me ramener à Auch. Sitôt assis, je m'endormis.

Le conducteur de l'autocar dut me secouer pour me réveiller et m'annoncer que nous étions arrivés. Dans le véhicule déserté, j'avais un mal fou à reprendre mes esprits. Inquiet, le chauffeur se pencha :

— Vous êtes malade?

— Non... J'ai un peu forcé sur l'Armagnac.

— Ah! bon, j'aime mieux ça. Vous habitez loin?

— L'Hôtel de France.

— C'est à deux pas... Le vent frisquet va vous éclaircir les idées.

Il m'aida à descendre et, pour la troisième fois de la journée, je grimpai le petit chemin menant aux allées d'Etigny. Je n'étais pas ivre, à peine éméché. Simplement, je n'avais pas les pieds tout à fait sur la terre, ce qui manqua me faire étaler sur ce sentier trop pentu pour un homme qui ne se souciait guère des lois intangibles de l'équilibre. Juste comme je débouchais sur les allées, je trébuchai à nouveau et cette faute d'inattention, me sauva la vie, car au même moment on me tirait dessus et l'impact de la balle m'envoya rouler à terre où je m'évanouis.

CHAPITRE III

1

Je revins assez vite à moi et je soupçonnai que l'excès d'Armagnac plus que la douleur était cause de mon malaise. J'avais l'esprit tellement embrumé par l'agression subie que je ne prêtai pas tout de suite attention au fait que si j'étais assis par terre, le dos contre un arbre, quelqu'un s'occupait de ma blessure. Je dis :

— Qu'est-ce qu'il m'est arrivé?

Le type releva la tête pour répondre et je reconnus Mathieu qui me souriait :

— Rien de grave... On vous a seulement tiré dessus.

— Mais... mais je ne me rappelle pas avoir entendu une détonation?

— Vous savez, les silencieux, ça existe vraiment.

— J'ai été touché, n'est-ce pas?

— La balle a traversé le triceps. Une bêtise... Toutefois, il faudrait un spécialiste pour vous appliquer un pansement, après avoir nettoyé la plaie. Je vous emmène à l'hôpital...

— Non!

— Ah?

— J'ai... enfin, j'ai une peur irraisonnée de... de l'hôpital.

Mathieu me sourit, pas dupe.

— Vous n'avez pas honte, un grand garçon comme vous?

— Chacun a ses allergies.

Il insinua :

— Ce ne serait pas plutôt l'enquête consécutive à toute blessure par arme à feu que vous redouteriez?

— Si je vous répondais par l'affirmative, que décideriez-vous?

— De m'en aller et de vous laisser perdre votre sang chacun étant libre de disposer de sa vie.

— En bien! merci et bonne nuit.

— Bonne nuit à vous aussi, monsieur.

Il s'était un peu écarté lorsqu'il revint.

— Excusez-moi de vous déranger à nouveau, mais êtes-vous armé?

— Non.

— Aïe! embêtant, ça!

— Pourquoi? mais cher monsieur, si j'en juge par le traitement infligé, j'ai le droit d'en déduire qu'il y a quelqu'un, par ici, qui ne vous aime pas beaucoup et qui pourrait bien profiter de ce que je m'en vais pour achever la besogne maladroitement entreprise.

— Vous voulez insinuer que...

— Exactement. Le type est peut-être dans le coin, surveillant mon départ pour vous liquider.

— Vous l'avez vu ce bonhomme?

— Une ombre, une silhouette imprécise et qui courait.. Cela ressemblait tellement à une fuite que j'ai eu l'idée de grimper sur les allées d'Etigny et je vous ai découvert presque tout de suite. Maintenant, qu'est-ce que vous décidez?

— Je crois, finalement, que je vais demander le secours de la police.

— Vous agirez avec sagesse.

Mathieu m'aida à me remettre debout.

— C'est loin l'hôpital?

— Juste de l'autre côté du Gers.

— On ne pourrait pas y aller à pied, tous les deux, plutôt que d'alerter les flics?

— Quelque chose à vous reprocher?

— Oui et non.

— Ce sont vos affaires. En route pour l'hôpital.

M'appuyant sur mon compagnon, je gagnai la place de la Libération, puis la place Salinis et nous nous mîmes à descendre ensemble l'escalier monumental. En passant devant la statue de d'Artagnan, je redressai le buste. Je ne tenais pas à faire piètre figure devant notre héros. Mathieu et moi reprenions haleine à chaque palier.

— Je n'oublierai pas et lorsque je serai rétabli, vous me direz ce que je puis pour vous.

— Je n'ai besoin de rien, monsieur... Je suis très heureux ainsi.

— Aujourd'hui, mais demain?

Il haussa les épaules.

— J'ai failli rater complètement mon existence en pensant à demain, monsieur. Vous comprendrez que je n'en veuille plus entendre parler.

Nous atteignîmes le quai Sadi-Carnot et ayant traversé le pont sur notre droite, nous sommes arrivés à l'hôpital. Mathieu m'amena le plus près possible de la porte et me confia :

— Avec votre permission, monsieur, je vais vous abandonner là. Vous n'avez qu'à sonner. Pour moi, je préfère ne pas avoir à répondre à des questions... Ce n'est jamais bon pour un irrégulier de ma sorte. Je pense que vous me comprenez?

— Bien sûr...

— On me tolère sous la seule condition que je ne sois mêlé à aucune histoire... Bonne chance, monsieur, et prompte guérison.

— Encore merci et à bientôt!

— Si Dieu le veut, monsieur.

J'attendis qu'il ait retraversé le pont pour appuyer sur la sonnette de nuit.

Après m'avoir pansé, l'interne de garde n'avait absolument pas voulu me laisser repartir. Il estimait que je devais passer au moins vingt-quatre heures sous surveillance médicale et que cela me plût ou non, on m'avait conduit dans une chambre où dormaient trois autres malades. Je ne jugeai pas bon de les réveiller et dans le grand silence si particulier des hôpitaux, je me mis à réfléchir à mon étrange aventure. Un raisonnement logique conduisait à dire que si l'on m'attendait sur les allées d'Etigny pour m'abattre, c'est qu'on savait que j'y passerais et on le savait parce qu'on n'ignorait pas que je descendrais du dernier autocar de Condom. Qui pouvait être au courant? La réponse était simple : Les Laloubère et, par l'intermédiaire de Christine, Hugier. Je me rappelai l'émotion de Mme Laloubère lorsque j'avais révélé l'appartenance de Montreux à nos services. Elle avait estimé nécessaire de prévenir aussitôt son amant et peut-être lui conseiller de se débarrasser de moi, le plus vite possible? Quoi qu'il m'en coutât, j'étais forcé d'admettre que la conduite de Christine laissait de moins en moins de place au doute. L'ennui, c'est que je ne pouvais m'empêcher de l'aimer alors qu'elle en aimait un autre avec lequel elle trahissait, pour l'amour duquel elle était devenue complice d'un meurtre et d'un guet-apens. Pourtant, je n'éprouvais pas de colère contre elle... Je la plaignais et je me plaignais. Je me persuadais que si elle avait été à moi, elle n'aurait pas commis ces folies qui la conduiraient obligatoirement à une courte existence de bête traquée et qu'elle devrait mener seule, car j'entendais m'occuper d'Hugier. J'eus beaucoup de peine à m'endormir malgré les calmants absorbés

Au matin, après que le médecin se fut déclaré fort satisfait de l'état de ma blessure, la police montra le bout de son nez sous la forme d'un aimable inspecteur qui vint s'asseoir à mon chevet.

— Monsieur Savières, je présume?

— En effet.

— J'ai lu sur le registre des entrées que vous aviez été admis pour une blessure provenant d'une arme à feu... Pourriez-vous m'en apprendre davantage?

— Je crains bien que non.

— Cependant, monsieur, vous conviendrez que ce n'est pas là le genre d'accident qu'on puisse qualifier de banal?

— Sans doute.

— Vous a-t-on dépouillé?

— Je ne pense pas.

— On vous a donc tiré dessus dans le seul but de vous tuer, d'accord?

— Ou quelqu'un dont la silhouette ressemblait à la mienne. N'oubliez pas, monsieur l'inspecteur, qu'il faisait nuit. D'ailleurs, je crois beaucoup plus à un accident qu'à un attentat.

— Vous ne connaissez personne qui vous haïrait au point de souhaiter votre disparition?

— Je suis à Auch depuis avant-hier, un peu court pour susciter une haine aussi forte, n'est-ce pas?

— Vous n'êtes pas du pays?

— Si, de Vic-Fezensac que j'ai quitté il y a pas mal d'années... Non, franchement, monsieur l'inspecteur, je ne vois pas d'autre explication qu'un accident stupide.

Il me regarda en souriant.

— Parce que vous pensez, monsieur Savières, que nos Auscitains se distraient la nuit, en tirant des coups de feu à tort et à travers?

— Non, évidemment pas.

— Alors?... Si je vous ai compris, vous ne tenez pas à déposer plainte?

— Mais si!

— Bravo! Je vous attendrai demain au bureau, vers dix heures.

Il se leva et remit soigneusement à sa place la chaise dont il s'était servi.

— Monsieur Savières, je déteste les gens qui viennent troubler notre tranquillité et essayer d'implanter dans nos mœurs des excès dont mes concitoyens n'ont connaissance que par les journaux, du moins jusqu'à présent. Vous me comprenez?

— Très bien et je vous approuve.

— Merci. Remettez-vous vite. A bientôt.

Cet inspecteur m'ennuyait. Il semblait intelligent et décidé. Je ne voudrais pas qu'il se jetât tout à trac dans mes histoires personnelles. Il risquait de commettre pas mal de dégâts

Une heure plus tard, ce fut le commissaire qui s'approcha de mon lit.

— Comment ça va?

— Aussi bien que possible.

— Besoin de moi?

— Uniquement pour calmer le zèle de l'inspecteur qui était là il y a moins d'une heure et tenter de museler la presse en acceptant la thèse d'un accident dû à un maniaque.

— J'agirai de mon mieux, soyez-en convaincu.

— Merci.

— Toujours pas besoin d'aide?

— Toujours.

— Pourtant... Vous connaissez votre agresseur?

— Disons que je me doute de son identité.

— Vous avez eu de la chance, vous devriez vous montrer assez raisonnable pour ne pas compter que sur elle.

Un peu avant midi, Daguin clôtura la liste de mes visiteurs.

— Il n'y a guère plus de deux heures que j'ai appris ton aventure, seulement, tu sais ce que c'est, la mise en place pour le déjeuner, les fournisseurs, bref je n'ai pas pu venir plus tôt. Jocelyne a été tellement bouleversée qu'elle te croyait sur le point de rendre l'âme. C'est tout juste si j'ai pu l'empêcher de téléphoner à la fleuriste spécialisée dans les couronnes mortuaires... En tout cas, j'ai compris qu'elle était prête à se lancer dans les frais pour honorer ta mémoire!

Je connais bien mon Daguin et je savais que s'il plaisantait, c'était uniquement pour masquer son émotion. Lui aussi avait dû avoir peur. Changeant de ton, mon ami me demanda à mi-voix :

— Et si tu me racontais ce qu'il s'est vraiment passé, Jacques?

Je repartis dans ma thèse de l'accident dû à un cinglé s'amusant à tirer des coups de feu dans la nuit, en espérant que Mathieu n'avait pas révélé la vérité à son patron d'occasion. Daguin m'écouta sans piper mot. Lorsque j'eus terminé, il réclama des précisions :

— Cette histoire a bien eu lieu aux allées d'Etigny?

— Oui.

Il me regarda fixement dans les yeux tandis qu'il me disait :

— Dans ce cas, comment expliques-tu que du commissariat tout proche on n'ait rien entendu?

Il quitta la pièce sans se préoccuper de ma réponse. Il avait voulu me montrer qu'il n'était pas dupe de ma fable. J'aurais été curieux de savoir ce qu'il pensait et, du même moment, je m'étonnais de ce que les policiers n'aient pas songé à l'anomalie soulignée par mon ami. A moins qu'ils n'aient reçu des ordres...

J'avais été hospitalisé trente-six heures. Ma blessure ne présentant plus aucune menace d'infection, on m'avait autorisé à rejoindre l'Hôtel de France où j'arrivai à la fin de la matinée. En me voyant apparaître sur le seuil, Jocelyne ouvrit des yeux comme durent en ouvrir les femmes de la famille de Lazare lorsque ce dernier revint du cimetière. Je fus dans l'obligation de lui assurer que je n'étais pas mort, que je n'avais pas envie de mourir et pour la convaincre, je lui exposai une fois de plus

— avec une pointe de remords au cœur — le mensonge inventé pour expliquer mon « accident ». Elle me crut et prononça une véhémente diatribe contre les demi-fous qu'on laissait en liberté. Je l'approuvai hautement et constatai qu'il était plus facile de donner le change à Jocelyne qu'à son mari. Elle était — ainsi que toutes les femmes — d'une nature crédule. Sinon, elles n'ajouteraient jamais foi à nos serments.

J'allai faire un tour aux cuisines où Daguin me félicita sur ma bonne mine et me conseilla, mi-figue mi-raisin, de ne plus sortir seul le soir de crainte de rencontrer à nouveau ce tordu qui attendait la nuit pour jouer au cow-boy. Il se fichait de moi. Pour éviter de lui répondre, j'allai échanger quelques mots avec Mathieu qui entassait des débris de toutes sortes dans de vastes cuves. Mon bon Samaritain joua parfaitement le jeu :

— J'ai entendu dire que vous aviez été victime d'un accident, monsieur?

— Oh! une bêtise... Cela ne vaut plus la peine d'en parler. Un coup de guigne que je veux oublier.

Voulut-il impressionner ceux qui nous écoutaient? Souhaitait-il me donner un avertissement? Quoi qu'il en soit, il s'interrompit dans sa peu ragoûtante besogne et levant un doigt sentencieux, me déclara :

— Permettez-moi de rectifier, monsieur. Il ne faut jamais oublier ce que l'on a le droit de tenir pour un clin d'œil du destin. Rappelez-vous que

La Rochefoulcaud a écrit : « Il n'y a point d'accident si malheureux dont les habiles gens ne tirent quelque avantage. »

J'en restai coi tandis que Daguin éclatait de rire.

Après être passé au commissariat pour déposer plainte contre X... je restai la plus grande partie de l'après-midi étendu sur mon lit. Je voulais récupérer mes forces avant de me lancer dans ce que j'estimais devoir être la phase finale de la bataille. Je ne nourrissais plus le moindre doute. J'étais persuadé que Christine se trouvait à la base de tout ce sanglant micmac. Pour des raisons que j'ignorais encore, elle avait décidé de photocopier ou de faire photocopier le dossier wagstram et s'était rendue à Paris pour contacter un intermédiaire qui, le moment venu, emporterait son butin à Berlin Ouest. Qui était son complice ou son homme de main? Vraisemblablement Hugier qui se mourait d'amour pour elle, l'imbécile! Dès que Mme Laloubère avait compris que je n'étais pas quantité négligeable, sitôt qu'elle avait appris les fonctions secrètes de Montreux, elle avait décidé ma perte. D'où sa rencontre précipitée aux allées d'Etigny avec Hugier, lequel s'était chargé de m'éliminer le soir de mon retour de Condom. Comment avait-il deviné que je passerais là où il m'attendait? Je pense qu'il n'avait rien deviné du tout et qu'il avait joué à pile ou face. Une chance sur deux et il avait gagné.

Daguin et sa femme vinrent me voir alternativement, au cours de l'après-midi pour s'inquiéter de ma santé et je les rassurai en leur affirmant que j'attendais avec impatience l'heure du dîner. Toutefois, j'eus l'impression qu'André n'était plus tout à fait le même à mon endroit. Il devait s'être vexé de mon manque de confiance et cela m'ennuyait beaucoup, mais de quelle façon m'y prendre ? Je ne tenais pas du tout à l'entraîner dans mes aventures périlleuses. Si on le devinait dans la confidence, il pourrait en résulter de gros ennuis pour lui et cela, je ne le voulais à aucun prix.

A vingt heures trente, je descendis à la salle à manger où il n'y avait plus une seule table de disponible. Je ne sais plus quelle confrérie ou association y banquetait joyeusement. Daguin vint à moi :

— Excuse-nous de ne pas dîner avec toi, mais nous sommes submergés, Jocelyne et moi. Si tu es d'accord, je vais te mettre à la table occupée par ce type tout seul... Il a l'air sympathique... Pas d'objection, Votre Honneur?

— Pas la moindre.

Il me conduisit donc vers cet inconnu à allure sportive et que je jugeai à peu près de mon âge. Daguin me présenta à ce monsieur qui répondait au nom de Ployé et qui se montra d'une courtoisie parfaite. Au moment où il poussait la chaise sur mon séant. Daguin eut une réflexion qui me fit frissonner :

— Je suis sûr que vous aurez au moins un

sujet de conversation puisque vous êtes tous les deux représentants en pharmacie.

Un piège tendu une fois encore par le hasard et en dépliant ma serviette, je m'interrogeais sur la manière dont j'allais m'en sortir. Je remerciai mon vis-à-vis de m'autoriser à troubler sa quiétude par ma présence. Il protesta :

— Allons, mon cher confrère... Si nous n'étions pas capables de cette bien légère preuve d'entraide, je me demande pourquoi nous nous serions syndiqués! Je travaille pour Varennes et vous?

— Nangy.

Il sifflota :

— Vous appartenez donc à l'aristocratie du métier!

Je tentai de dévier la conversation sur la gastronomie, mais il m'avoua aimer la chère honnête, sans plus. Je me hasardai dans le domaine du rugby et il confessa ne rien connaître à ce jeu. En dernier recours, j'abordai le chapitre des femmes. Il m'arrêta tout de suite en me précisant qu'il était marié, heureux, père de deux superbes enfants et que ce genre de bonheur lui suffisait amplement. Vaincu, je m'abandonnai. Alors, il prit la direction des opérations et se mit à gloser sur la seule chose qui semblait lui tenir à cœur : les produits pharmaceutiques et leur placement. Je me résignai à l'entendre m'énumérer les principales étapes de sa tournée, les commandes qu'il avait réussi à obtenir, celles qu'il espérait enlever, à quel moment il comptait prendre son congé et ce qu'il ferait quand il aurait retrouvé sa femme et ses gosses. Cet imbécile m'ennuyait prodigieusement. Je me contentai, tout en mangeant, d'approuver son discours ou de manifester mon intérêt pour quelques onomatopées indéfinissables dont il semblait se satisfaire. Le temps me durait d'en arriver au dessert. Je finissais de manger mon « magré » — cette admirable aiguillette de canard cuite au gril — lorsque le nommé Ployé se mit à réciter la liste des principaux produits qu'il plaçait, à la façon d'un croyant débitant les litanies des saints. A dire vrai, je ne l'écoutais que d'une oreille, me préoccupant surtout de décider ce que je réclamerais pour dessert, lorsqu'il me demanda si je possédais dans mon échantillonnage je ne sais plus quel produit dont je n'avais pas saisi le nom. Toutefois, au courant de la richesse de production de la maison pour laquelle j'étais supposé travailler, je répondis avec force :

— Bien sûr. J'en ai même énormément vendu depuis mon départ de Paris.

— Vous me surprenez, mon cher confrère. J'ignorais que chez Nangy, on vendît aussi du propane?

— Du...?

— Eh oui! le nom barbare et scientifique que je vous ai cité est celui du gaz propane. Avouez que je vous ai bien eu?

Coincé, j'eus recours à l'indignation pour essayer de me tirer avec honneur de ce piège inattendu.

— Monsieur, c'est là un procédé...

Il m'interrompit :

— ... uniquement destiné, monsieur Savières, à vous prouver qu'il faut toujours prêter très attention au détail quand on se targue d'exercer une profession qui n'est pas la vôtre.

J'étais abasourdi.

— Rassurez-vous, je n'en parlerai pas à M. Duval.

Je respirai.

— Ainsi, vous connaissez M. Duval?

— C'est lui qui m'envoie.

— J'aime mieux ça! Vous m'avez flanqué une de ces trouilles!

— Pardonnez-moi...

— Pourquoi vous a-t-il expédié ici?

— Parce qu'on l'a averti de votre... accident.

— Qui?

— Je l'ignore.

— Bon et alors?

— M. Duval souhaite simplement savoir si vous avez besoin d'une aide quelconque?

— Non. Dites-lui de ma part, je vous prie, que je mènerai mon petit combat personnel jusqu'au bout et que je crois être déjà sur la piste du traître et du meurtrier.

— Décidé à continuer seul, hein?

— Décidé.

— Parfait Je repartirai demain matin sans vous revoir. Entre nous, M. Duval désirait surtout apprendre si vous aviez été sérieusement touché.

— Rassurez-le. Une égratignure dont je suis pratiquement guéri.

— Vous m'en voyez ravi.

2

Sottement ému en apprenant que M. Duval se préoccupait de ma santé, je passai une excellente nuit et me levai plein d'ardeur. Mon bras ne me causait plus aucun souci. J'étais d'attaque et décidai de commencer ma journée en révélant la vérité à Daguin. Après tout, puisque je me proposais de mener la grande offensive, je voulais — au cas où il m'arriverait de très gros ennuis — qu'il soit au courant. Je le fis appeler. Il se précipita, me croyant malade. En me voyant en train de déjeuner, il marqua un temps d'arrêt et s'étonna :

— Tu ne m'as pas l'air tellement mal en point?

— Je me porte très bien.

— Et tu as le culot de me déranger en plein travail?

— N'exagère pas, André, et assieds-toi... J'ai une confidence à te faire et surtout ne m'interromps pas.

— Tu as ma parole.

Alors, je lui racontai ma vie depuis que j'étais entré au S. D. E. C. E. et le vrai but de mon voyage à Auch, en même temps, je lui fournis l'explication de mon aventure nocturne aux allées d'Etigny. Quand j'eus terminé, il m'avoua :

— Tout cela ne m'étonne qu'à demi, d'abord parce que je n'ai jamais bien accepté l'idée de ta transformation en représentant, ensuite parce que ton histoire récente sentait le bluff à plein nez. Franchement, je suis soulagé de constater que tu n'es pas rouillé et que tu aimes toujours le danger.

— Pas tant que ça, mon vieux, et pour ne rien te cacher, j'aspire à changer d'existence. Je te paraîtrai peut-être popote, mais je rêve d'un foyer où régnerait une femme que j'aimerais.

— Tu l'as dénichée?

— Je le croyais. Naturellement, ce que je t'ai appris, tu dois le garder pour toi seul. Tu entends? pour toi seul.

— Pas besoïn que je prête serment, hein? Si tu as besoin de moi pour quoi que ce soit, je suis là.

Soulagé de n'avoir plus de secret pour mon meilleur ami, je partis pour le laboratoire Laloubère et sans en donner les raisons à Savournon, je montai directement chez Christine. Ce fut elle qui m'ouvrit et témoigna d'une légère surprise à ma vue.

— Monsieur Savières...

J'ironisai :

— Lui-même, en chair et en os. Déçue?

— Pardon?

— Si l'on cessait de jouer la comédie, chère madame? Vous avez perdu la partie, pourquoi ne pas le reconnaître?

— Quelle partie?

— Vous vous entêtez? Bon, comme vous voudrez. Vous tenez à ce que je mette les points sur les i?

Sèchement, elle répliqua :

— Je vous en serais obligée.

— D'accord. Offrez-moi une tasse de café et je vous raconterai une histoire qui vous intéressera sûrement.

Je la suivis au salon et lorsqu'elle revint avec le café demandé, je le bus lentement, jouissant de son impatience qu'elle ne songeait pas à dissimuler. Reposant ma tasse, je remarquai :

— J'espère qu'il n'était pas empoisonné, sinon je risque de ne pas arriver au bout de mon récit.

Elle haussa les épaules.

— Donc, chère madame, il était une fois une charmante personne s'ennuyant auprès d'un mari qui la négligeait pour se consacre entièrement à ses travaux. Ladite personne comprit un jour que sa vie serait irrémédiablement gâchée si elle ne se décidait pas à s'échapper. Pour que cette évasion eût un sens, il lui fallait d'abord rencontrer l'amour, c'est-à-dire un homme capable de n'importe quoi par tendresse pour elle, ensuite de l'argent, beaucoup d'argent afin de mener une existence dont elle rêvait loin des laboratoires et des chercheurs de tout poil. Comment jugez-vous mon histoire?

— Assez incohérente pour l'instant, mais j'espère que la suite...

— La belle ennuyée rencontra un garçon qui lui plaisait et qui en tomba follement amoureux.. L'argent dont elle avait besoin, elle pensa le dénicher en vendant une photocopie du dossier wagstram. Elle réussit à convaincre son Roméo de l'aider dans son entreprise. Quand elle crut être parvenue au terme de sa tâche, elle persuada son mari — convoqué à Paris — de l'y laisser aller à sa place parce qu'elle comptait y joindre celui qui transporterait, le moment venu, le dossier à Berlin. Malheureusement pour elle, nos services avaient été avertis des propositions faites dans l'ex-capitale du IIIe Reich et elle commença d'avoir peur lorsque, rencontrant M. Duval, elle comprit qu'il lui faudrait mener un rude combat si elle voulait se tirer d'affaire. Toutefois, sa chance tint à ce que l'agent chargé de démasquer le traître, lui avoua être épris d'elle. Devinant qu'il était sincère, elle se convainquit que le danger serait écarté pour un temps, le temps nécessaire à terminer la photocopie et à filer. Seulement, un assistant de son mari, Montreux. avait presque tout deviné et quand il apprit — par Laloubère que vous aviez renseigné — mon arrivée, il décida de jouer son va-tout. A la vérité, j'ignore ce qu'il entreprit, mais je suppose que, par affection et fidélité envers son camarade Laloubère, il rencontra la coupable et son complice en vue de les dissuader de poursuivre un projet voué à l'échec. L'erreur de Montreux a été de n'avoir pas compris que la trahison projetée n'était qu'un moyen et non un but. Elle ne s'imposait que pour permettre une fuite dorée. On ne renonce pas à ce genre d'espérance et c'est pourquoi Montreux mourut. On savait qu'il resterait au laboratoire, cette nuit-là et le complice de la personne en question en profita. Il l'abattit en entrant par la fenêtre. Rien de plus facile que de camoufler le meurtre en suicide. Qui aurait pu soupçonner l'appartenance de Montreux à nos services? Dès lors, les deux traîtres étaient pris dans l'engrenage. Je devenais l'adversaire le plus dangereux qu'il importait d'éliminer. Ainsi fut monté le guet-apens des allées d'Etigny où je faillis laisser ma peau. Qu'est-ce que vous dites de mon conte, madame?

— Rien, monsieur Savières, sinon que je vous plains...

— C'est très gentil à vous!

— Je vous plains car si vraiment vous m'aimez ou m'avez aimée, cela a dû vous être très pénible d'aboutir aux conclusions auxquelles vous paraissez être parvenu.

— Exact, et vous allez rire! Figurez-vous qu'en dépit de tout, je continue à vous aimer.

— J'avais donc bien raison de vous plaindre.

— Rassurez-vous, cela ne m'empêchera pas de

poursuivre ma mission quoi qu'il puisse m'en coûter.

— Une autre attitude de votre part me décevrait. Cependant, que vous ajoutiez foi ou non à mes propos, je vous jure que je ne sais même pas ce qu'est une photocopie, que je suis une femme propre, que je suis très touchée de l'aveu de votre tendresse et je vous répète que les liens m'unissant à M. Hugier sont ceux d'une franche amitié, rien de plus.

— Alors, pourquoi ce rendez-vous aux allées d'Etigny en prenant tant de précautions?

— Justement pour empêcher les gens de penser ce que vous pensez. Je constate que je n'y ai pas réussi.

A ce moment, l'entrée de Laloubère interrompit notre conversation et je lui expliquai ma présence en déclarant que j'étais là pour le rassurer quant à ma blessure. Comme il réclamait plus de détails, je fus contraint de reconnaître que l'on m'avait bel et bien tiré dessus. Ahuri, il s'exclama :

— Mais alors, monsieur Savières, il y a vraiment un assassin parmi nous!

— C'est ce dont j'essaie de vous persuader depuis notre première rencontre.

Il se laissa tomber dans un fauteuil, se prit la tête dans ses mains et gémit :

— Affreux!.. Pensez qu'un de ceux auxquels je serre la main deux fois par jour, médite de tuer son prochain, me déconcerte... Je finirai par admettre que je ne sais rien des hommes... En tout cas, je ne me sens plus le courage de vivre dans ce pays et sitôt le dossier au point, ma femme et moi rentrerons à Paris.

— Quand sera-t-il au point?

— Dans moins d'une semaine, j'espère. Enfin, je suis heureux de constater que vous avez eu plus de chance que mon pauvre Montreux. Vous restez à déjeuner?

— Merci. Je regrette. Je suis attendu.

— Oh! et puis manger n'a plus beaucoup d'importance. Après ce que vous m'avez appris, je n'ai plus faim... J'ai envie de redescendre tout de suite au laboratoire. Plus vite j'aurai terminé, plus vite ce sera la fin de ce cauchemar.

Je pris congé pendant que Christine tentait d'obliger son mari à se nourrir.

Un peu avant d'atteindre la porte ouvrant sur la place des Carmélites, Savournon sortit de son repère :

— Monsieur Savières...

J'étais trop bouleversé par la conversation que je venais d'avoir avec Christine pour éprouver l'envie de bavarder avec quiconque. Je fis celui qui n'avait pas entendu. Le gros colosse me rattrapa et m'empoigna par le bras, juste là où j'avais un pansement. Je ne pus retenir un gémissement de douleur. Savournon s'excusa aussitôt :

— Oh! pardon... Ainsi c'était vrai?

— Que quoi?

— Qu'on vous avait amoché?

— Qui vous l'a dit?

— Personne, mais quand on a su que vous aviez été victime d'un accident, Hilda a tout de suite pensé qu'on avait essayé de vous démolir et elle a crié qu'on n'avait pas le droit de laisser agir à sa guise cet enfant de salaud!

— Malheureusement, comme moi, vous ignorez qui il est?

Savournon ferma ses énormes mains.

— Si je le connaissais...

Le dévouement de ce colosse et de sa femme me réconfortait.

— Ecoutez, demain c'est dimanche, vous êtes libres Hilda et vous?

— Tigery nous remplace pour surveiller la maison.

— Bon. Vous avez une voiture?

— Une 4 L.

— Je vous invite à déjeuner avec votre femme à Condom. Vous passerez me prendre à l'Hôtel de France vers dix heures. Nous pourrons ainsi bavarder utilement D'accord?

— Qu'est-ce qu'Hilda va être contente...!

A peine étais-je de retour dans ma chambre pour prendre une heure de repos avant le déjeuner et tenter de mettre de l'ordre dans mes idées que Daguin me téléphona de la réception pour m'annoncer qu'un individu paraissant très agité demandait à me parler d'urgence.

— Il t'a donné son nom?

— Hugier... Je l'ai mis au frais dans le salon du fond.

— Envoie-le-moi.

— Méfie-toi tout de même...

Je raccrochai le téléphone en pensant que Christine avait compris que ses trémolos ne m'avaient point convaincu et qu'elle m'envoyait son complice pour me sonder quant à mes intentions réelles.

Daguin ne s'était pas trompé et le Jean Hugier qui entra chez moi était visiblement sur les nerfs.

— Monsieur, je suis venu vous réclamer des explications sur la manière scandaleuse dont vous vous conduisez avec Mme Laloubère! Vous n'avez pas le droit d'essayer de terroriser cette malheureuse avec des accusations stupides! Quel but poursuivez-vous donc? Je vous somme de me le dire!

Sans élever la voix, je demandai :

— En quoi cela vous regarde-t-il, monsieur?

Le coup parut le désarçonner.

— Mais...

— Mme Laloubère a un mari. Ne pensez-vous pas que c'est à lui et non à vous de défendre sa femme?

— C'est-à-dire...

— C'est-à-dire monsieur Hugier que les droits d'un amant ne sont pas encore publiquement reconnus et que jusqu'ici, on laisse au seul mari le soin de se soucier de l'honneur de sa femme.

— Goujat!

— Puis-je vous rappeler, monsieur, que vous êtes chez moi et que si vous continuez à vous conduire comme un fou, je vais vous flanquer à la porte?

Il tenta de crâner.

— Ce serait peut-être moins facile que vous ne vous l'imaginez! Il est vrai que dans votre métier, on a l'habitude de se colleter avec les voyous!

— Je ne vous le fais pas dire... Dans votre métier, on craint de se salir les mains et on préfère le pistolet ou le fusil pour se débarrasser de gens qui vous gênent?

Il me regarda d'une telle façon que je sus immédiatement que je m'étais trompé.

— Je ne comprends pas?

— Il paraît que vous êtes de première force dans le maniement des armes à feu.

— Moi?

Il ne put se tenir de rire.

— Si tous vos renseignements sont de cette qualité... Je raterais un éléphant à dix mètres!

— Asseyez-vous, monsieur Hugier... Voilà qui est bien. J'admets donc que ce n'est pas vous qui avez tenté de me tuer.

— C'est encore heureux!

— Mais quelqu'un l'a fait et ce quelqu'un est celui qui a assassiné votre collègue Montreux.

— Et alors? Qu'est-ce que j'ai à voir dans tout ça?

— Vous êtes le très tendre ami de celle que je soupçonne d'être la clef de cette aventure.

— Christine?

— Mme Laloubère, en effet.

Il rougit légèrement :

— Ridicule! Pauvre Christine, elle serait bien incapable de tuer qui que ce soit... Et pour quelles raisons commettrait-elle ces meurtres à votre avis?

— D'abord parce qu'elle n'aime pas son mari.

— Si toutes les mal mariées se transformaient en meurtrières, il y aurait une jolie hécatombe!

— Ensuite parce qu'elle veut s'emparer du dossier wagstram.

— Du... Pour quoi faire, Seigneur!

— Le vendre et filer avec celui qu'elle aime. Vous!

Hugier ne répondit pas tout de suite et quand il le fit, je décelai une tristesse sous-jacente dans sa voix.

— Vous rêvez monsieur Savières... Oui, j'aime Christine mais je ne nourris aucune illusion quant à ses sentiments à mon égard... Pour elle, je suis et resterai toujours le presque frère auquel on a recours dans les moments de détresse, par exemple quand un policier vous accuse de crimes... Je ne vous cacherai pas que j'ai été longtemps très malheureux de ne pouvoir persuader Christine de devenir ma maîtresse d'abord, et plus tard ma femme... Pour rester près d'elle, j'ai accepté ce rôle d'ami-confident... Je vous avouerai que j'y prends, maintenant, un certain plaisir, presque une joie un peu amère sans doute, mais une joie tout de même... Et puis, j'ai les chevaux pour me consoler Je suis un très bon cavalier... J'aurais aimé être éleveur. Je ne me plais vraiment qu'avec les chevaux... Ils ne sont pas compliqués, eux... monsieur Savières, si un jour, Christine devait fuir le domicile conjugale, ce ne serait, hélas! pas avec moi.

— Avec qui, alors?

— Je l'ignore... monsieur Savières, il ne vous est pas venu à l'idée que Mme Laloubère pouvait vouloir demeurer fidèle à son époux?

— Au vrai, les amours régulières ou irrégulières de cette dame ne m'intéressent que dans leurs rapports avec le problème que je dois résoudre. Pourquoi vous a-t-elle rejoint l'autre jour sur les allées d'Etigny?

— Pour me mettre au courant de l'appartenance de Montreux à vos services et me prier de l'aider à découvrir l'auteur de sa mort.

— Dans quel but?

— J'imagine qu'elle redoute le scandale et je la soupçonne de vouloir démasquer l'assassin pour l'aider à fuir ou du moins pour qu'il aille se faire prendre ailleurs.

— Un peu tiré par les cheveux, comme explication, vous ne trouvez pas?

— Si.

Lui aussi ne comprenait pas l'attitude de Christine. Je me sentis soulagé de ne plus être le seul dans ce cas.

— Monsieur Hugier, de votre côté, n'avez-vous

pas le moindre soupçon quant à l'identité du criminel?

— Non... Pourtant j'y ai réfléchi... J'ai passé au crible tous mes collègues... pour conclure qu'en dépit d'une déjà longue cohabitation, je ne savais pratiquement rien d'eux. Et si Montreux a si bien réussi à nous tromper, pourquoi pas les autres? Laloubère ne vit-il vraiment que pour ses recherches? Mazoires ne se soucie-t-il que de sport? Sa femme Berthe est-elle aussi insignifiante qu'elle le paraît? Poiroux ne cache-t-il pas sa personnalité sous cette apparence d'aimable hurluberlu? D'où vient Amparo Gomez? Qu'attend-elle de la vie, jeune et belle comme elle l'est? Qui Paulette Poiroux rencontrera-t-elle tout à l'heure à Toulouse? Elle montera dans le train de 12 h 02 et rentrera par celui de 18 h 39 et ainsi, chaque semaine un peu de sa vie nous échappe...

Doucement, je remarquai :

— Vous oubliez Mme Laloubère... Qui peut se vanter de deviner ce qu'elle pense et ce qu'elle veut?

Il leva vers moi des yeux tristes.

— Personne, je crois.

Quand Hugier me quitta, je ne prétends pas que nous étions devenus amis. Simplement, notre commune tendresse pour Christine et notre mutuelle incompréhension quant à sa conduite, nous rapprochaient.

La demie de onze heures m'arracha à mes

songes mélancoliques et je pensai que dans trente minutes, Paulette Poiroux prendrait le train pour rejoindre son amant. Brusquement, comme poussé par une impulsion, je décidai de la suivre et d'essayer de percer son secret. Je dévalai l'escalier de l'hôtel, saluai en vitesse Jocelyne et lui déclarai que j'étais obligé de filer à Toulouse. J'étais déjà parti quand elle me répondit. Je traversai la place de la Libération en courant jusqu'à la station de taxi et me fis conduire à la gare.

J'avais dix bonnes minutes d'avance. Mon billet pris, je me dissimulai pour épier l'arrivée de ma Mme Bovary. Ce fut son complaisant mari qui l'amena. Ils échangèrent un baiser distrait et je l'entendis lui dire : à ce soir. Elle grimpa dans un wagon de première et moi dans un de seconde. Je ne tenais pas à la rencontrer dans le couloir.

A Toulouse, j'attendis qu'elle descende pour agir de même. En sortant de la gare, elle sauta dans un autobus. Je pris un taxi et j'ordonnai au chauffeur de suivre le lourd véhicule. A chaque arrêt, je surveillais la descente des voyageurs. Paulette quitta l'autobus dans le centre. Elle s'attarda devant d'innombrables vitrines, pénétra dans des magasins où je la suivis de rayon en rayon. Cette marche épuisante dura au moins deux heures. Je ne comprenais pas. Finalement, d'un pas nonchalent, elle gagna le Jardin Royal, passa devant plusieurs bancs vides et finit par prendre place sur l'un d'eux quelque peu dissimulé par une barrière de houx plus que centenaires. On devinait qu'elle avait l'habitude de s'asseoir là et pas ailleurs. L'endroit dont elle avait fait choix me permettait une surveillance discrète.

Les minutes passèrent. Au bout d'une heure, je conclus que l'amant de Paulette lui avait posé un lapin. J'enrageais. Toutefois, ce qui me surprenait c'est que Mme Poiroux ne semblait témoigner d'aucune impatience. Des hommes passèrent devant elle et à chaque fois, je pensais découvrir celui qu'elle attendait. J'eus une minute d'émotion lorsqu'un garçon d'une trentaine d'années ralentit son pas en arrivant à la hauteur de Paulette et lui sourit. Elle ne sembla pas l'avoir remarqué et l'autre s'éloigna, vexé. A quatre heures, je bouillais d'impatience. A quatre heures trente, je n'y tins plus et m'installant à côté de la jeune femme, je murmurai :

— Est-ce encore la peine d'attendre?

Je dus me rendre à l'évidence : elle ne m'avait pas vu et c'est le son de ma voix qui l'arracha au rêve où elle paraissait perdue. Rougissante jusqu'aux oreilles, elle se tourna vers moi et s'exclama :

— Monsieur Savières!

— Vous savez qu'il y a plus d'une heure que vous êtes sur ce banc?

— Vous m'avez donc suivie?

— Oui.

— Pourquoi?

— Pour connaître le visage de votre amant.

Contrairement à ce que j'espérais, elle ne s'indigna pas et son visage demeura impénétrable. Cruellement, j'ajoutai :

— J'ai l'impression qu'il ne viendra plus, à présent.

Elle ne répondit pas et des larmes commencèrent à couler sur ses joues Ce chagrin muet avait quelque chose de bouleversant. Très bas, je murmurai :

— Pardonnez-moi...

— Il n'y a rien à pardonner... Je savais qu'il ne viendrait pas...

— Il vous avait avertie?

Elle secoua la tête.

— Il voulait rompre?

— Monsieur Savières... Je n'ai pas, je n'ai jamais eu d'amant.

— Pourtant...

— Ces voyages hebdomadaires et ces longues stations sur ce banc où personne ne m'a jamais rejointe...

Je n'y comprenais plus rien.

— Personne ne vous y a...

— Personne... Monsieur Savières, c'est un secret. Me donnez-vous votre parole de le garder pour vous seul?

— Vous avez ma parole, madame.

— Chaque fois que je monte dans le train, je m'offre le luxe de croire que je pars à la rencontre de celui qui m'aime et souffre de mon absence... La vie auprès de mon mari n'est pas drôle... Pour essayer de me consoler, de ne pas penser aux années qui fuient, je me suis inventé un amoureux... Il se prénomme Didier... Il est grand, brun... Il a une quarantaine d'années... Il écrit des romans et il me supplie de partir avec lui, de l'accompagner quand il se rend à l'étranger pour y chercher le cadre de son futur livre... Quand nous nous retrouvons, il me lit ce qu'il a écrit durant notre séparation... Il me demande mon avis et il le suit.. Il estime que j'ai un bon jugement... Il me doit un peu de son succès et j'en suis très fière...

Surpris, au début, — je m'étais même demandé si elle ne se moquait pas de moi — j'écoutais, ému, cette femme qui rêvait sa vie. Elle croyait à ce qu'elle racontait. Pour elle, Didier existait. Maintenant, je comprenais pourquoi elle n'avait prêté aucune attention au jeune homme de tout à l'heure. Paulette était bien loin du Jardin Royal, de Toulouse, du monde réel. Elle se promenait dans un univers différent, au bras d'un garçon qui lui confiait sa tendresse et lui lisait des pages de son œuvre. Au fond, nous nous ressemblions, elle et moi. Nous vivions tous deux l'espoir, chaque fois déçu et renaissant chaque fois de ses cendres, d'un amour qui ne ressemblait pas aux autres. Pour elle, il se nommait Didier, pour moi elle s'appelait Christine Cependant, dans l'élaboration de nos songes, nous avions suivi des chemins inverses. Sans doute, Paulette était-elle partie du réel (son Didier devait être né des qualités intellectuelles et physiques de garçons rencontrés) pour arriver à l'irréel. Au contraire, j'étais parti de l'irréel (image floue de la femme idéale) pour parvenir au réel en la personne de Christine. Nous étions, vraisemblablement tous les deux aussi malheureux.

— L'hiver, c'est au musée du Vieux Toulouse, rue du May, que je l'attends; les gardiens me connaissent. Ils me prennent pour une folle paisible. Je crois qu'ils m'aiment bien.

— Vous ne vous fatiguez pas de ce jeu?

— Mais ce n'est pas un jeu, monsieur Savières! Un jour, il viendra peut-être et je serai là... Je ne lui adresserai pas de reproches. Je lui dirai simplement : tu as été bien long.. Une autre aurait perdu patience... Alors, il sourira et me chuchotera : toi, je savais que tu ne perdrais pas patience et tu as eu raison puisque me voilà... Et nous partirons ensemble...

— Pour où?

— Quelle importance, puisque nous serons ensemble?

Il est à parier qu'un psychiatre eût été de l'avis des gardiens du musée du Vieux Toulouse. Paulette était folle, mais seulement un certain jour de la semaine et durant quelques heures...

— Vous restez encore longtemps sur ce banc?

— Jusqu'à ce qu'il soit temps de retourner à la gare. Vous comprenez, je ne voudrais pas le manquer au cas où...

Je la quittai, refusant de m'interroger davantage sur ce cas pathologique voulant que la malade se complût dans un mensonge qu'elle savait être un mensonge, mais auquel le souci de ses devoirs d'épouse assignait des limites qui ne seraient jamais franchies. Paulette guettait l'arrivée d'une ombre, et moi je m'étais lancé à la poursuite d'une ombre.

Pour m'aérer l'esprit, je revins à pied jusqu'à la place Wilson où j'entrai dans un café pour boire un apéritif avant de rejoindre la gare. Accoudé au bar, je dégustais ma bière lorsque je faillis lâcher mon verre en apercevant devant la glace à laquelle je faisais face, Paulette et Mazoires assis côte à côte et qui semblaient plongés dans une discussion qui ne leur permettait pas de me prêter attention. Sur le moment, je fus pris d'une colère folle. La garce! elle m'avait bien eu avec ses rêves romantiques! Maintenant, je le connaissais son Didier! Il s'appelait Paul Mazoires et ses discours paranoïaques sur un mythe consolateur ne masquaient que le plus banal des adultères! Je dus m'imposer un effort pour ne pas me précipiter vers eux et leur exprimer ma façon de voir les choses. Toutefois, dans mon métier, les blessures d'amour-propre n'ont aucun sens. L'essentiel n'était pas que j'aie été roulé, mais que je m'en sois aperçu. En réalité, Paulette avait rendez-vous avec Mazoires et ce dernier avait été retardé pour une raison inconnue. Cependant, somment était-il possible que ses collègues n'aient pas remarqué que l'absence hebdomadaire du physicien correspondait avec les promenades toulousaines de Mme Poiroux?

Peut-être — chacun connaissant son goût pour la gymnastique — Mazoires prétendait-il se rendre au gymnase ces après-midi-là? Il ne serait pas difficile de vérifier.

Assis dans mon compartiment en attendant le départ du train je remâchais ma rancune. Cette Paulette m'avait possédé dans les grandes largeurs. Pourtant, n'importe qui aurait cru à sa sincérité. Dire que j'avais été assez benêt pour comparer sa détresse morale à la mienne! J'éprouvais une honte rétrospective et une envie quasi démentielle de me venger au plus tôt. Lancé sur cette pente, je ne m'arrêterai pas en chemin. Qu'est-ce qui me prouvait qu'Hugier, lui aussi, ne m'avait pas joué la comédie? N'avait-il pas été envoyé par une Christine rouée qui, sûre de ma tendresse pour elle, en profitait pour me faire assurer par son amant qu'il ne l'était pas afin de m'attacher encore plus à elle et donc de l'écarter de ma liste de suspects? Autour de moi, tout le monde mentait. On devait s'être persuadé qu'il n'était pas bien difficile de berner ce pauvre petit policier venu de Paris.

Toutefois, ce qui me surprit c'est qu'en arrivant à Auch, Mazoires et Paulette sortirent ensemble de la gare et montèrent dans le même taxi, l'un pour gagner l'avenue Hoche où l'attendait la dolente Berthe, l'autre, la rue Irénée-David où elle rejoindrait son lunatique époux. Pour moi, je me sentais d'une telle humeur en entrant à l'Hôtel de France qu'il fallut toute l'affectueuse diplomatie de Jocelyne Daguin pour me persuader de descendre partager leur repas. Elle me parla d'un cassoulet aux lentilles que son mari venait de mettre au point. Je ne résistai que le temps nécessaire pour ne pas me donner l'impression de capituler.

3

Je ne reconnaissais pas Hilda installée au fond de la voiture. Elle s'était mise sur son trente et un. Peut-être un peu trop de dentelles, de fards et de parfums, mais pleine de bonne volonté et si fière... Je lui fis mon compliment tandis que je m'assis auprès de son mari, à la place du mort.

Par Castera-Verduzan et Valence, nous avons atteint Condom. Sans perdre de temps, nous avons gagné l'admirable restaurant installé par Sandrini dans une Chartreuse où une salle gothique du XIVe siècle transforme l'art de manger en une grandiose cérémonie. La maison a pour enseigne « La Table des Cordeliers », moines qui ont toujours eu la réputation d'apprécier la bonne chère et les vins de qualité. Tandis que nous établissions notre menu en dégustant un pousse-rapière glacé, je sentais les regards de l'assistance fixés sur Hilda qui se rengorgeait à la façon d'une poule venant de pondre et persuadée d'avoir accompli un exploit sans pareil. La brave femme, convaincue qu'on l'admirait faisait des mines et affectait une certaine préciosité dans ses gestes. Elle aurait été atrocement humiliée si elle s'était doutée que ces gens-là la moquaient. J'en étais gêné. Savournon, tout occupé à des choix gourmands, ne s'apercevait de rien.

Je devinais qu'Hilda et son mari me voueraient une reconnaissance profonde et, assez cyniquement, je décidai d'en profiter. Nous étions en train de manger un cou d'oie farci au foie gras et confit lorsque je m'adressai à Mme Savournon :

— Chère amie...

Je laissai passer un temps pour que cette appellation produisît son effet.

— ... vous qui êtes une femme et donc plus apte que votre mari à juger les personnes de votre sexe, j'aimerais bien que vous me confiiez, là, à la bonne franquette, votre opinion personnelle sur Mmes Laloubère, Mazoires, Poiroux et sur Mlle Gomez.

Consciente de l'importance soudaine que lui donnait ma question, elle acheva de déglutir sa bouchée de cou d'oie, s'essuya les lèvres et but un peu de Madiran (en prenant soin de lever très haut le petit doigt) avant de me confier :

— Toutes ces dames — sauf Mlle Gomez — ont un caractère commun, cher monsieur (elle n'osait pas encore aller jusqu'au cher ami) : elles sont mal mariées.

— Vraiment?

— Mme Laloubère ne trouve pas auprès de son

époux les attentions qu'elle serait en droit d'en attendre et ce ne sont pas les soupirs de M. Hugier qui pourraient la consoler.

— Vous ne croyez pas qu'elle et lui, hein?... enfin vous voyez ce que je veux dire.

— Sûrement pas.

Je l'aurais embrassée.

— Il lui fait la cour, mais plutôt par habitude que par tendresse... Vous savez, lui, sorti des chevaux et de son travail, il ne s'intéresse pas à grand-chose. Quant à Mme Poiroux, je crois qu'elle n'espère plus rien. Notez que son mari n'est pas un mauvais homme, seulement les mathématiques sont toute sa vie. Si vous voulez mon avis, des hommes comme ça, ils ne devraient pas se marier.

J'étais, tout d'un coup, beaucoup moins sûr de la perspicacité d'Hilda. Elle finit de manger ce qu'il y avait dans son assiette avant de reprendre :

— Mme Mazoires est une victime, voilà ce que je dis! Son mari, il est toujours à faire de la gymnastique avec des filles jeunes, bien roulées, alors bien sûr quand il retrouve sa pauvre Berthe... ça lui couperait plutôt l'appétit. Seulement, c'est pas de sa faute à cette femme! Il le savait quand il l'a épousée, que c'était pas une championne.

J'attendis que nous ayons mangé une remarquable daube de cèpes au vieux Buzet pour m'enquérir :

— Et Mlle Gomez?

Ce fut Savournon qui me fournit les explications réclamées :

— Eh bien! celle-là, à la voir, on pourrait s'imaginer qu'elle a toujours le feu où je pense.

Hilda, choquée, s'écria :

— Marcel! fais attention comme tu causes!

Le géant, confus, s'excusa :

— Vous me comprenez, pas vrai, monsieur Savières? Mais on se trompe. Il y a pas plus sérieuse.

— En êtes-vous sûr?

Savournon et sa femme échangèrent un coup d'œil malicieux et Hilda reprit la parole :

— Je vais vous dire, mais c'est un secret. Elle est surveillée et si elle se permettait de pas marcher droit, on le saurait tout de suite.

— Surveillée? par qui donc?

— Tigery... Figurez-vous qu'il est amoureux fou de l'Espagnole qui fait pas plus attention à lui que s'il existait pas. Il peut pas supporter que quelqu'un tourne autour d'elle. Une fois, il a vu M. Mazoires entrer chez Mlle Gomez, il voulait l'assommer. Heureusement que l'autre est ressorti presque tout de suite, sans ça c'était la bagarre! Vous parlez d'un scandale que ça aurait été...

— Et Mlle Gomez ne s'est pas encore aperçu de ce manège?

— Il semble pas.

Après l'agneau doré à la ficelle sur lequel nous

avons été unanimes, je mis Savournon sur le chapitre des hommes. Il ne m'apprit rien que je ne sus déjà. Au fond, je m'étais illusionné sur l'aide que les Savournon pouvaient m'apporter. Eux aussi ne voyaient que les apparences.

Au lendemain de ce dimanche consacré à la gastronomie, je quittai ma chambre assez tard pour aller me promener sur les allées d'Etigny. Sans que j'eus la moindre preuve à me fournir, je sentais que la semaine serait décisive. D'ailleurs, M. Duval ne comprendrait pas que je tarde plus longtemps. L'impression qui me dominait était qu'on se fichait de moi au laboratoire Laloubère, sauf les Savournon incapables de monter la moindre machination et, aussi ce malheureux Tigery perdu dans une passion imbécile. Mon seul atout tenait à ce que les farceurs de l'équipe Laloubère ne se doutaient pas que j'avais compris leur jeu. Christine et sa pudeur offensée, Paulette et ses rêves éthérés, Hugier et son innocence proclamée, Mazoires qui n'appréciait pas grand-chose en dehors du muscle et comment deviner si Poiroux et sa Berthe, la porte de leur appartement refermée ne devenaient pas des gens ne ressemblant en rien à ce qu'ils étaient tout au long de la journée?

Je suivais à pas lents la rue du Dr Samalens lorsque Mathieu émergea de la rue Edgar Quinet par où on entrait aux cuisines de l'Hôtel de France.

— Déjà finie la journée, Mathieu?

— J'ai demandé à M. Daguin de venir plus tôt pour pouvoir partir plus tôt. Je suis invité à Fleurance.

— Tiens donc!

— Un fermier à qui j'ai rendu service et qui, chaque mois, me convie à passer une journée chez lui. Je rentrerai à la nuit.

— Mathieu, je n'oublie pas que vous m'avez sauvé la vie et je voudrais, je vous l'ai déjà dit...

Le bonhomme m'interrompit :

— Je vous en suis reconnaissant, monsieur. Je suis très heureux comme je suis.

Nous avançâmes encore de quelques pas.

— Mathieu, il y a une chose qui m'étonne dans votre comportement... Pourquoi ne me posez-vous pas de question?

— Sur quoi?

— Voyons! Ne feignez pas d'être plus naïf que vous ne l'êtes! Ce n'est pas tous les jours, j'imagine, qu'on se fait tirer dessus, à Auch?

— Monsieur, on ne gagne rien à se mêler des affaires d'autrui et moins l'on sait, moins on parle, ça vaut mieux pour tout le monde. Ce que vous êtes en train de faire ou d'essayer de faire, je l'ignore et je veux continuer à l'ignorer. Naturellement, je me doute que ce n'est pas très en accord avec la loi. De plus, je suis bien obligé de me rendre compte que vous avez des ennemis. La vieille ville se prête aux embuscades les plus discrètes, évitez-la.

— Conseil ou avertissement?

— Conseil, monsieur, si toutefois je puis me le permettre.

— Je vous en prie.

— Ce n'est pas certain et les Serbes ont coutume de dire : « Un conseil est comme un remède qui est d'autant meilleur qu'il est plus amer. » Je vous souhaite une bonne journée, monsieur.

— Si j'en vois la fin.

— A chacun son destin, monsieur, mais la prudence peut le corriger.

Tandis qu'il s'éloignait, je convenais que ce Mathieu ne déparait pas la collection des personnages bizarres rencontrés depuis mon retour au pays natal. J'aurais aimé percer à jour les pensées de ce clochard parti dans un étrange voyage qui se terminerait obligatoirement à l'hôpital ou au revers d'un talus. Quelle passion était donc assez forte pour le contraindre à repousser ce minimum de confort dont tous ont besoin à son âge? Se trompait-il ou avait-il découvert le bonheur? Personne, sauf lui — et encore! — ne pouvait répondre à cette interrogation.

A peine de retour à l'hôtel, je reçus un coup de téléphone d'Amparo Gomez m'invitant à manger la paella, le soir même, chez elle, à neuf heures. Cette demoiselle m'intéressait trop pour que je n'accepte point son offre. Elle en parut — du moins au son de sa voix — très contente. Pourquoi cacher que j'en éprouvai une vaniteuse satisfaction?

Après déjeuner, ayant appris par Daguin qui le fréquentait, le nom et l'adresse du gymnase où Mazoires s'entraînait, je m'y rendis. On m'affirma que Mazoires passait là régulièrement tous ses samedis après-midi à travailler sa souplesse et sa musculature et que le samedi précédent, ayant dû se rendre à Toulouse, il avait abandonné ses exercices beaucoup plus tôt que de coutume. Ainsi la preuve m'était administrée que la rencontre de Paulette et du physicien qui m'avait tant scandalisé n'était due, en définitive qu'au hasard. Au fond, cela ne me déplaisait pas et je préférais savoir que Paulette ne m'avait pas joué la comédie.

Vers le soir, étant allé chercher mon « France-Soir » au bureau de tabac qui est de l'autre côté de la place de la Libération, je me heurtai brutalement à Hugier qui lâcha la pile de journaux qu'il avait sous le bras. Tout en me confondant en excuses, je l'aidai à les ramasser. Nous nous séparâmes assez froidement et je ne compris pas, sur le moment, la raison de cette soudaine mauvaise grâce. J'étais dans l'escalier conduisant à ma chambre, lorsque je me rappelai que parmi les quotidiens tombés sur le trottoir, il y avait des feuilles d'extrême gauche. Alors, je crus réentendre la voix de M. Duval affirmant : « On ne trahit pas que pour de l'argent... » Une trahison idéologique cadrait mieux avec le milieu où je cherchais un coupable. Ainsi, Hugier — quoi qu'on m'en ait assuré — ne s'intéressait pas qu'aux chevaux. Il me semblait que je venais d'avancer sérieusement vers la solution du problème qui m'obsédait.

Ce n'est pas tous les jours qu'il vous est donné d'avoir rendez-vous chez une belle fille et c'est la raison pour laquelle le cœur me battait un peu en me dirigeant vers la place Puits-de-Mothe. Amparo Gomez m'accueillit avec gentillesse.

— Croirez-vous que vous êtes le premier homme que je reçois chez moi depuis mon arrivée à Auch?

— J'en suis flatté. Par goût ou par obligation, cette réserve?

— Par obligation. Nous sommes dans une petite ville et je suis étrangère. Je ne tiens pas à ce que l'on bavarde sur mon compte. En attendant que la paella soit prête, voulez-vous que nous buvions un peu de Jerez?

— Avec plaisir.

Pendant qu'elle préparait les verres et les biscuits salés qui devaient accompagner le vin, j'admirais le décor de la pièce. On se serait cru en Andalousie. Amparo avait réussi le miracle de recréer l'ambiance de son pays natal. Je reconnaissais des objets vus autrefois dans des maisons particulières à Grenade. La couleur chatoyante des étoffes chantait en mineur sous l'éclairage tamisé de grosses lampes de cuivre aux abat-jour en parchemin. Don Quichotte et Sancho Pança y étalaient leurs amusantes silhouettes. Le divan où je me trouvais était plongé dans une pénombre reposante. Lorsqu'Amparo eut pris place à mon côté, que nous eûmes bu un peu de Jerez et croqué quelques biscuits, je la poussai aux confidences. Elle ne se fit guère prier.

— Je ne vous cache pas que le temps me dure de retourner en Espagne. J'ai hâte que Laloubère ait mis un point final au dossier wagstram. Ma participation à ce travail m'assurera une flatteuse réputation dans mon pays et comme je n'ai nulle envie de revenir à Madrid, j'espère que je pourrai obtenir un poste à Cordoue, à Séville ou à Salamanque. J'ai eu une enfance difficile. Je suis née au lendemain de la guerre civile et mes parents franquistes convaincus, avaient tout perdu du fait des Rouges. Les vainqueurs sont toujours ingrats et puis nous étions si nombreux dans ce cas... Je peux dire que je n'ai connu aucun des plaisirs de la vie jusqu'à ce que j'en eus terminé avec mes études, il y a à peine cinq ans.

Je chuchotai :

— Même pas l'amour?

Elle eut un sourire triste.

— Si. . j'ai cru le rencontrer vers ma vingt-sixième année, mais je m'étais trompée... Cela a été dur... très dur...

Elle fondit en larmes, je la pris dans mes bras pour la calmer et puis, je ne me souviens pas trop comment cela se produisit, mais nos lèvres se joignirent et je ne pensai plus du tout ni à Christine ni à ma mission. Brusquement, elle s'arracha à mon étreinte, se passa la main sur le front et gémit :

— Mon Dieu! Qu'est-ce qu'il m'arrive? je suis folle.

— Une bien aimable folie.

— Monsieur Savières, j'ai honte...

— Mais non! C'est moi le fautif... Vous êtes si jolie, si attendrissante... Me pardonnez-vous?

— Ne parlons plus de cela et venez vite manger ma paella.

En me tenant par la main, elle m'entraîna dans une minuscule salle à manger austère avec ses meubles foncés où il n'y avait vraiment de la place que pour deux si l'on aimait ses aises.

La paella était succulente et les vins de la Rioja capiteux. Nous avons parlé de tout et de rien, nous perdant dans un bavardage que la gentillesse d'Amparo rendait presque intelligent.

De retour au salon et sur le dangereux canapé, un verre de cognac français en main, nous en vînmes à ce qui était la raison d'être de ma visite : les gens de l'entourage de Laloubère. Mon hôtesse se montra peu prolixe sur Laloubère lui-même, Poiroux et Mazoires. Elle m'affirma tenir pour quantité négligeable Paulette et ses chimères, Berthe et sa résignation. Je lâchai la question qui me brûlait les lèvres :

— Et Mme Laloubère?

— Oh! celle-là, c'est la plus heureuse de nous toutes.

— Pourquoi?

Elle me fixa, surprise :

— Mais parce qu'elle aime et qu'elle est aimée!

— Hugier?

— Toute la ville est au courant, sauf le mari, comme de juste.

— Vous croyez, vraiment, qu'elle aime ce garçon?

— Si elle l'aime? Je pense bien qu'elle l'aime au point de se conduire avec une imprudence qui, par moment, m'inquiète. Ses rendez-vous, auxquels elle se rend par des itinéraires compliqués, sont la fable d'Auch. Tenez, elle est tellement absorbée par son amour qu'elle a renoncé à ce qui était, autrefois, sa passion : le tir au pigeon d'argile! Ce n'est pas une preuve, cela?

Si, c'était une preuve, mais pas celle à laquelle pensait Amparo. J'affermis ma voix le mieux que je pus pour demander :

— C'était une bonne tireuse?

— Elle a remporté je ne sais combien de prix!

Je tenais à ce que ma délicieuse hôtesse ne s'aperçût pas du trouble que cette révélation avait déclenché en moi.

— Est-ce qu'on s'occupe de politique au labo?

— Sans acharnement, en tout cas. Il n'y a que Christine et Hugier qui affectent de jouer aux progressistes intégraux et de vanter les charmes de l'existence offerte aux chercheurs en U. R. S. S. Pourtant, je me figure que leurs convictions politiques dépendent de l'impossibilité où se trouve Christine de récupérer sa liberté.

Au vrai, je les envie de connaître un pareil amour...

Il n'y avait rien à répondre et je me tus. Amparo me contempla longuement avant de murmurer :

— Je sais, à présent, pourquoi je vous ai embrassé tout à l'heure...

Elle passa doucement ses doigts sur ma joue.

— ... tu ressembles à Fernando...

Il était plus d'une heure du matin lorsque j'abandonnai celle qui était devenue ma maîtresse. Avant que je ne la quitte, Amparo avait ouvert largement sa fenêtre et s'était penchée à l'extérieur pour voir s'il n'y avait point quelque passant attardé puis elle s'était retournée vers moi et, dans un sourire :

— Sauve-toi, il n'y a personne.

Je n'éprouvais pas le besoin de dormir, mais bien plutôt de réfléchir à ce qui m'était arrivé. Je me glissai dans la vieille ville endormie et marchai d'un bon pas, oubliant ce que m'avait appris la tendre Espagnole, à savoir que ma chère Christine m'avait sans doute tiré dessus en espérant me tuer, pour ne rêver qu'au plaisir goûté dans les bras d'Amparo. Je fus arraché à mes songes par l'écho d'un bruit furtif et d'un coup, je me rappelai l'avertissement de Mathieu. Je n'étais pas armé, n'ayant pas cru nécessaire de prendre mon pistolet pour me rendre chez Mlle Gomez Je me trouvais dans la rue Charras.

J'aurais pu rejoindre les quais et filer vers les rues plus éclairées, mais je tenais à établir si j'étais victime de mon imagination ou si j'avais une chance de connaître enfin le meurtrier de Montreux. Je passai sous la volée terminale de l'escalier monumental et m'engageai dans la rue Rabelais. A cet instant, un autre écho m'arriva sur ma droite. Cette fois, il s'agissait de quelqu'un ne cherchant pas à dissimuler sa marche. Tout en épiant ce qui pouvait surgir derrière moi dans cette nuit malheureusement fort sombre, je suivais l'approche de l'attardé, mais il fallut qu'il ne soit plus qu'à quelques mètres de moi pour que je reconnusse Mathieu revenant de sa partie de campagne.

— Décidément, Mathieu, il est écrit que vous serez toujours mon bon Samaritain!

— Vous, monsieur, à cette heure?

A voix basse, je le mis au courant de mon aventure.

— Je vous avais averti, monsieur... Nous allons essayer de voir à qui nous avons affaire. Venez...

Nous partîmes ensemble, remontant vers le haut de la ville par la rue de la Convention. Nous n'échangions pas un mot et, une fois encore, je surpris le bruit furtif de mon suiveur. Je le signalai à Mathieu qui, d'un signe de tête me donna à entendre qu'il ne lui avait pas échappé. Nous parvenions à un angle et me poussant dans une encoignure, le clochard continua son chemin seul tout en feignant de me parler à haute voix.

La ruse était bonne. L'homme sur mes traces ne se douta pas que nous nous étions séparés. Je n'eus aucune peine à lui appliquer une cravate quand il arriva à ma hauteur. Il était solide, mais je le suis aussi. Au surplus, j'avais l'avantage de la surprise. Il commençait à étouffer lorsque je le lâchai. Il s'écroula sur le trottoir, ayant du mal à reprendre sa respiration. Je me penchai sur lui et reconnus Tigery qui croassa :

— Ah! c'est donc vous...

— Ne joue pas les idiots et n'essaie pas de me faire avaler que tu me suivais sans savoir qui j'étais!

— Non, je le savais pas.

Je le fouillai rapidement et lui enlevai un poignard attaché sous son épaule avec une sorte de holster de sa fabrication.

— Et ça, bonhomme? Tu le destinais à qui?

— A vous!

— Pourquoi?

— Parce que vous êtes resté trop longtemps chez Amparo et je peux pas le supporter!

Ainsi, alors que j'étais lancé à la découverte d'un traître et d'un meurtrier, j'avais failli être occis par un jaloux! Le drame tournait en vaudeville et nous étions aussi ridicule l'un que l'autre. Je l'aidai à se relever.

— Fous le camp, imbécile! A ton âge et avec ton passé, tu devrais pourtant savoir qu'il n'y a pas une femme valant la peine qu'on aille finir ses jours en tôle pour elle, non?

Il fit quelques pas, tête basse, puis revint vers moi :

— Dites, monsieur Savières, entre elle et vous... il ne s'est rien passé?

— Mais non! Tu ne me prendrais pas pour don Juan, par hasard? Je ne suis rendu chez Mlle Gomez pour lui demander son avis sur le meurtre de Montreux et elle a eu la gentillesse de me retenir à dîner.

Il soupira :

— Vous en avez de la chance...

Il me faisait presque pitié, ce cornichon!

Je hâtai le pas pour rejoindre Mathieu. J'étais surpris qu'il ne soit pas venu à mon secours. En dépit de mes efforts, je ne le retrouvai pas. Curieux type, décidément... Comment pouvait-il être certain que je me tirerais à mon avantage de ma bagarre avec Tigery? A moins qu'il ne s'en soit fichu...

CHAPITRE IV

1

Parce qu'au cœur de tout homme, il y a un don Juan manqué, je ne me fis aucun scrupule de raconter à Daguin ma tendre aventure avec Amparo. Si l'on ne confiait pas ses succès féminins à son meilleur ami, à qui les confierait-on? Cependant, par un vague reste de pudeur, je ne révélai pas le nom de ma conquête, tout en précisant à André qu'il ne s'agissait pas de Christine. Il l'eût peut-être mal jugée de m'avoir cédé si vite. Mon hôte me regarda d'un air faussement admiratif et remarqua :

— En somme, tu fais la cour à celle que tu aimes en couchant avec une autre?

— Mais ça n'a rien à voir!

J'étais cyniquement sincère.

— C'est toi qui le dis...

— En tout cas, j'ai peut-être risqué ma peau dans cette histoire!

Il me semblait que l'attentat dont j'avais failli être victime me réhabiliterait aux yeux de celui qui m'écoutait. Daguin se montrant sceptique, je dus lui donner des précisions, lui parler de Tigery et de la correction que je lui avais infligée. Pour bien montrer que je n'attachais que peu d'importance à cette crise inattendue de jalousie, je menai mon récit sur un ton humoristique. A mon étonnement, cela ne dérida point Daguin qui, lorsque j'en eus terminé, remarqua :

— J'ai toujours entendu répéter que dans ton métier, le plus grand danger venait d'une excessive confiance en soi.

Il commençait à m'énerver, André...

— Qu'entends-tu par-là?

— Que tu te crois irrésistible, c'est ton affaire et pour rien au monde, je ne voudrais t'ôter tes illusions, mais là où tout devient grave c'est quand, sous l'empire d'une immense satisfaction de toi-même, tu arranges les faits à ton idée, ou mieux pour qu'ils cadrent avec l'excellente opinion que tu as de toi-même.

Sèchement, je répliquai :

— Si tu t'exprimais clairement?

— Il me semble étrange que ce Tigery que je connais vaguement de vue et qui me paraît une parfaite brute, puisse se dessécher pour une fille digne de toi, ne fût-ce que pour une passade.

— Et alors?

— Alors, il ne me paraîtrait pas sot du tout d'envisager l'hypothèse qu'il n'y a aucun rapport entre l'agression dont tu as failli être victime et tes brèves amours.

— Autrement dit?

— Autrement dit, ce Tigery pourrait très bien être attaché à tes pas et te suivre partout, sitôt la nuit tombée, dans l'espoir de trouver l'occasion de te démolir. Ton rendez-vous, dans ce cas, n'aurait été qu'une occasion pour lui de guetter ta sortie et d'essayer de te coincer.

J'étais touché. Je remontai dans ma chambre pour penser aux réflexions de Daguin. S'il avait raison, le côté un peu fantasmagorique de la passion de Tigery pour Amparo disparaissait. Il redevenait le tueur qu'il avait toujours été et pour servir les intérêts de quelqu'un, il retournait à son vrai métier. Cette éventualité cadrait bien mieux avec le personnage qu'un rôle d'amoureux silencieux. Dès lors, une autre question se posait : les Savournon étaient-ils complices ou dupes? Dans l'incertitude où je me trouvais, je décidai d'avoir un tête-à-tête avec Tigery.

Savournon n'avait pas trop fait de manières pour m'ouvrir la chambre de Tigery, après que je l'eus assuré que ma mission imposait cette intrusion. Demeuré seul, je fouillai soigneusement la pièce, et ne trouvai rien qui pût m'aider dans ma tâche, ou étayer mes nouveaux soupçons. Des journaux pour jeunes adolescents et des photos de filles plus ou moins dévêtues me révélèrent le niveau mental de l'occupant des lieux, fort éloigné à ce qu'il semblait, des belles et chastes amours. Daguin devait avoir raison quoique moi-même, en dépit de ma tendresse pour Christine, je n'avais guère hésité à devenir l'amant d'Amparo. Je n'étais plus très fier de mon aventure nocturne.

— Vous cherchez quelque chose?

Tigery ne me prenait pas de court. Je m'attendais à cette arrivée due au hasard ou à une trahison. Je me retournai lentement.

— Oui.

— Je peux savoir ce que c'est?

— La raison pour laquelle tu m'as attaqué cette nuit.

Ses petits yeux porcins me scrutaient. Vraisemblablement, il se demandait jusqu'à quel point je jouais la comédie. Je n'aimais pas la manière qu'il avait de se dandiner sur la pointe des pieds comme s'il s'apprêtait à me foncer dessus.

— Je croyais vous avoir expliqué...

— Non. Tu m'as menti et tu t'es figuré que je marchais. Tu n'es pas assez intelligent pour me posséder, Tigery, mais pas assez bête cependant pour imaginer qu'avec ta gueule et ton emploi tu pourrais être aimé d'une fille comme Amparo Gomez.

Sans me quitter du regard, il grogna :

— Vous avez tort de dire des choses pareilles...

— Et toi, tu as tort de me prendre pour plus

stupide que je ne suis. Qui t'as payé pour me démolir?

En réponse, il se jeta sur moi avec une telle force et une telle soudaineté qu'il m'eût balayé si je ne m'étais pas tenu sur mes gardes. A la façon du torero esquivant la charge de son adversaire encorné, je fis un pas de côté et, au passage, assenai — de toutes mes forces — un coup violent de mes deux mains jointes, sur la nuque de Tigery qui s'effondra, évanoui. Presque aussitôt, Savournon entra :

— Du grabuge?

En voyant son camarade étalé sur le sol, il s'enquit :

— Qu'est-ce que vous lui avez fait?

— Ce qu'il espérait me faire.

— Mort?

— Non. Aidez-moi à l'asseoir.

Tout en s'exécutant, le concierge m'avouait :

— Je l'ai pas vu entrer, sans ça je vous aurais prévenu.

Etait-il sincère? mentait-il? Je commençais à douter de tout le monde et de tout.

— D'accord. Laissez-nous maintenant.

Il hésita puis obéit en haussant les épaules. Seul avec Tigery, je le ranimai d'une solide paire de claques. Il ouvrit les yeux et me fixa d'un air peu amène.

— Qu'est-ce qui m'est arrivé?

— Je t'ai simplement montré que j'avais plus de métier que toi.

— Bon, et après?

— Ecoute-moi bien, Tigery. Tu es un voyou et tu as un lourd passé. Je n'ai qu'à donner un coup de fil à Paris pour qu'on t'embarque et qu'on t'envoie méditer une dizaine d'années à l'ombre sur tes choix malheureux. Parce que tu as mal choisi, mon gars. Je te donne encore une chance, sinon tu boucles ta valise. Vu? Alors, je répète la question qui ne t'a pas plu tout à l'heure : qui t'a payé pour me démolir?

Je devinai que dans sa pauvre cervelle, ça mijotait dur. Enfin, il se décida :

— Si je vous le dis, vous me protégerez?

— Nous nous protégerons l'un l'autre, mon vieux.

Encore une hésitation, puis :

— D'accord... C'est Hugier.

Je m'y attendais un peu, mais j'avais peur de la question suivante que je ne pouvais pas ne pas lui poser.

— Qui m'a tiré dessus, l'autre nuit, toi?

Il secoua la tête. Je répétai :

— Qui?

— La maîtresse d'Hugier.

Les mots sortirent difficilement de ma gorge.

— Tu veux parler de... de Mme Laloubère?

— Oui.

— Si je te confronte avec ces deux-là, tu répéteras ton accusation?

— Sûrement pas!

— Pourquoi donc?

— Parce que je tiens pas à finir comme Montreux!

En sortant de la maison Laloubère, j'avais l'impression d'être la proie d'un vertige interne où tous les sentiments se confondent. A la satisfaction de penser que je touchais au but, se mêlait le regret poignant d'avoir perdu celle que j'aimais. J'eus préféré apprendre sa mort que de savoir à quel point elle m'avait berné. Je me laissais aller à la dérive dans ce tumulte qui m'habitait, incapable, pour le moment, de faire le point. Je revoyai le doux visage de Christine, l'air pathétique d'Hugier me contant son amour impossible et moi, bonne pomme... Je n'étais pas encore en colère. Seulement une infinie tristesse...

Marchant sans prendre garde à ce qu'il se passait autour de moi, je me trouvai bientôt devant la cathédrale Sainte-Marie. Je ne sais pourquoi, j'y entrai. Tout de suite, la pénombre silencieuse qui emplissait l'édifice m'apaisa. La lumière tremblotante des cierges renforçait cette impression de « hors du temps », la conviction d'être à l'écart du monde des hommes et de ses saletés. Une dizaine de femmes disséminées à travers la nef, priaient. Je les enviais. Moi, je ne savais plus. Je demeurais sur ma chaise immobile, essayant de me fondre dans cette pax. Je tentais de dresser un bilan. Quoi qu'il m'en coutât, il me fallait admettre ma naïveté. M. Duval, lui, avait vu clair. Une aventure banale et qui ne m'avait pas paru telle uniquement parce que j'avais été attiré par son héroïne, à qui j'avais prêté toutes les qualités que je rêvais de trouver chez celle qui serait, un jour, ma compagne. Je tombais de haut. J'en voulais plus à Christine qu'à Hugier. Il l'aimait et pour cela, je le comprenais sans, pour autant, l'excuser. C'était elle qui avait mené toute l'affaire. Oui, une histoire sans originalité. Une jeune femme mal mariée, de fortune médiocre, s'ennuie. Elle rencontre un garçon qui l'aime au point de tout accepter d'elle. Elle n'ignore pas que les travaux de son mari valent une fortune. Elle décide de se l'approprier pour recommencer sa vie ailleurs. Etait-elle résolue à emmener Hugier avec elle? Rien n'était moins sûr. Ayant retrouvé mon empire sur moi-même, je résolus de brusquer les choses. Si les aveux de Tigery ne constituaient pas une preuve indiscutable, ils pouvaient néanmoins, être considérés comme une preuve indirecte. De plus, dans notre métier, nous ne nous embarrassons pas tellement de la loi et de ses rites. Quand notre conviction est assurée, nous passons à l'action et exerçons notre propre justice. Un coup de téléphone à M. Duval et Montreux serait vengé, le dossier wagstram à l'abri.

Je me levai, sortis de la travée et me mis à faire le tour de l'église à pas lents. Dans la troisième chapelle à gauche, celle de Notre-Dame-de-Pitié, je crus reconnaître la silhouette de celle qui, la tête dans ses mains, s'entretenait avec la Vierge. Intrigué, je me dissimulai derrière un pilier. Lorsque la fidèle de Marie se releva, je ne trouvai pas tout de suite le nom de Berthe Mazoires tant une sérénité intérieure, apparemment proche de la joie, illuminait son visage ingrat. J'étais sur ses talons quand elle abandonna ce hâvre de paix qu'est la cathédrale et l'abordai au moment où elle se dirigeait vers l'escalier monumental, place Salinis.

— Bonjour, madame Mazoires.

Elle sursauta, me contempla avec des yeux qui semblaient ne pas me voir. On eût dit que je l'arrachais à un monde qu'elle avait beaucoup de mal à quitter. J'insistai :

— Je suis Jacques Savières... Votre mari a dû vous parler de moi?

Je pouvais lire sur sa figure l'effort qu'elle s'imposait puis d'un coup, ses traits s'éclairèrent et elle esquissa une ébauche de sourire.

— Ah! oui... C'est vous qui êtes chargé de découvrir l'assassin de M. Montreux, n'est-ce pas?

— C'est cela même... Si je savais ne pas abuser de vos instants, je vous demanderais de m'accorder quelques minutes d'entretien.

Ma prière la stupéfia :

— A moi?

Je devinai que c'était sans doute la première fois depuis bien longtemps qu'elle entendait une pareille requête.

— S'il vous plaît, madame... La matinée est ensoleillée, nous pourrions nous asseoir sur un de ces bancs?

— Si vous le croyez nécessaire?

— Je le crois, sans cela je ne me permettrais pas de vous déranger.

Quand nous fûmes assis, je lui exposai les difficultés de mon enquête dans un milieu où chacun semblait vouloir protéger chacun. Je réclamai son aide pour me donner son opinion sur les gens avec lesquels son mari travaillait.

— Je ne les connais pas.

— Ce n'est pas possible!

— Bien sûr, je les connais pour les avoir rencontrés très souvent, mais aucun n'est jamais venu chez moi et je ne suis jamais allée chez aucun. Qui s'intéresse à moi?

— Je ne sais pas, mais...

— Non, monsieur Savières, personne, pas même mon mari. Si je n'étais pas profondément croyante, il y a longtemps que je serais partie... Tu ne sépareras pas ceux que Dieu à unis... Alors je reste et la prière est mon unique consolation. Je regrette la vilaine mort de M. Montreux qui a dû partir sans le secours d'un prêtre. Si je connaissais ou si seulement je soupçonnais l'auteur de ce crime, je me ferais un devoir de vous le dire.

— Et M. Mazoires?

— Comment devinerais-je ce qu'il pense? il ne me confie jamais ses soucis.

— Cependant, les épouses de ses collègues : Mme Laloubère, Mme Poiroux et sa collaboratrice, Mlle Gomez, vous ne les fréquentez pas?

— Non. Elles sont trop modernes pour trouver le moindre plaisir à ma compagnie. Belles, élégantes, leurs préoccupations ne sont sûrement pas les miennes.

Je ne décelais pas la moindre amertume dans sa voix.

— Où pourrais-je m'entretenir avec votre mari, à l'abri des oreilles indiscrètes?

Elle réfléchit un instant.

— Accepterez-vous de partager notre repas, vers treize heures?

A défaut d'être francs, ces gens-là manifestaient un sens aigu de l'hospitalité. J'acceptai l'invitation. A la suite de quoi Berthe crut bon d'ajouter :

— Ne vous attendez surtout pas à un festin. Mon mari a horreur de tout ce qui, de près ou de loin, touche à la gastronomie. Il est hanté par le poids. Viande grillée, salade, pommes de terre à l'anglaise, eau minérale, voilà son menu. La tête pleine et le ventre plat, rien entre les deux.

Celle-là non plus, n'était pas heureuse... Je me sentais un peu effrayé par ma plongée dans ce monde petit-bourgeois, apparemment si paisible et qui, en vérité, se montrait, dans ses profondeurs, agité par de graves remous. L'image de l'étang à la surface tranquille sous laquelle se livrent de dures batailles, me vint à l'esprit. Christine, Berthe, Paulette, toutes se déclaraient déçues. Aucune ne paraissait avoir rencontré l'amour dans son foyer, du moins l'amour tel qu'elles l'avaient rêvé. Alors, celle-ci tentait de se sauver dans des tendresses clandestines, celle-là se réfugiait dans la piété, la troisième se perdait dans des songes mélancoliques dont elle berçait son enuui. Pour moi, je m'avouais désorienté. Je ne comprenais pas cette façon de vivre. J'avais le sentiment que si j'avais été le mari de Christine, voire de Paulette, j'aurais été heureux et il n'est pas dit que Berthe mieux traitée, n'eût pas été une compagne agréable. En somme, c'était encore Amparo Gomez la plus normale. A l'évoquer, une douce chaleur m'envahit. J'éprouvais quelque gêne au souvenir de notre commune soirée — car je n'aimais pas l'Espagnole — mais je n'en avais aucun remords. Je pensais même qu'à l'occasion...

Le temps était merveilleux. Une belle journée d'automne avec une lumière transparente et un ciel dont le bleu rappelait celui de la Touraine. Ne sachant à quoi m'occuper jusqu'à l'heure du déjeuner chez les Mazoires, je me dirigeai vers les allées d'Etigny, sans me presser, espérant que Mathieu casserait la croûte sur un banc, ainsi qu'il en avait l'habitude, lorsque la douceur de l'air le lui permettait. Remontant à pas lents la rue et la place de la République, je me confessais que, jusqu'ici, je n'avais pas à être très fier de moi et j'en étais à me demander si M. Duval ne s'était pas payé ma tête, déclarant qu'il me tenait pour un agent de qualité. Le bilan de mon activité auscitaine se révélait des plus médiocre. Qu'avais-je découvert qui me permît de montrer la moindre satisfaction? En tout et pour tout, je n'avais que les aveux de Tigery. Maigre résultat et ce d'autant plus qu'il m'était impossible d'affirmer qu'il m'avait dit la vérité. Et s'il m'avait désigné Hugier et Christine pour cacher ses véritables employeurs? L'excuse invoquée pour refuser la confrontation avec Hugier ne tenait pas. Après ses aveux, porter la main sur lui eût été pour le coupable, se désigner comme tel. En résumé, il y avait autant de chances pour que Tigery ait menti que pour qu'il ait été sincère. Je ne pouvais donc, dans ces conditions, alerter Paris où l'on exigerait une réponse ferme. Au fond, bien au fond de moi, je souhaitais, j'espérais, je voulais que Tigery ait menti, tant j'avais de la peine à renoncer à la belle image que je m'étais faite de Christine.

A tout prendre, je préférais évoluer dans les milieux internationaux de ce monde de la nuit qui est le nôtre. En général, on y va en sachant de qui l'on doit se méfier. Le danger vient de comparses ignorés. On se tient sur ses gardes. De part et d'autre, on joue le jeu. Bien sûr, il s'agit d'un jeu dont les règles ne relèvent guère du « fair play », mais enfin, on est prévenu et on se débrouille en conséquence. Un monde dur, sans sourire, sans pitié. Pendant dix années, j'avais eu le temps de m'habituer à cette atmosphère et de ne rien mettre au-dessus de la méfiance. L'amour même y devient ruse. En dépit des périls, cela avait un certain charme quand on ne se préoccupait pas trop de sa propre existence. Pour moi, ce charme je ne l'appréciais plus depuis que j'avais pris conscience du vide de mon existence. Mais ceci et une autre histoire... qui me ramenait à Christine. Je devais convenir que dans ce milieu bourgeois où j'enquêtais, j'avais perdu pied dès les premiers contacts. Je n'étais pas habitué à ce genre d'adversaires chez qui l'intelligence remplaçait la force brutale. Le jeu, ici, devenait beaucoup plus subtil, plus difficile aussi. De quelle manière découvrir le coupable parmi ces gens apparemment si honnêtes? En dépit de ce que m'avait raconté Tigery, devais-je écarter les femmes? Pouvais-je avoir confiance en la douceur de Christine, dans le désespoir de Paulette, dans la résignation de Berthe? Que cachaient l'inattention perpétuelle de Poiroux, l'obsession de Mazoires, le dévouement romantique d'Hugier, la simplicité de Laloubère, la bonhomie des Savournon, la brutalité de Tigery? A part ce dernier, qui soupçonnerait qu'un tueur et un traître se cachaient parmi de si braves gens et reconnus pour tels? Cependant, l'un d'eux se révélait un fameux comédien dont le talent, jusqu'ici, avait berné ma perspicacité. J'enrageais à l'idée qu'il devait rire de mes vains efforts pour le démasquer. Il s'était composé un personnage qui me déroutait. J'aurais tant voulu ne pas quitter le métier sur un échec, et pourtant...

Je me sentis rasséréné en apercevant Mathieu qui, assis sur un banc des allées d'Etigny, mordait à belles dents dans un énorme sandwich. Il s'écarta un peu pour me laisser prendre place à son côté.

— Vu le temps, Mathieu, je comptais bien vous trouver là.

— Quand on peut vivre dehors, pourquoi s'enfermer? Les mauvais jours viennent toujours trop tôt.

— J'avais envie de vous rencontrer.

— Moi?

— De toutes les personnes dont j'ai fait la connaissance depuis que je suis à Auch, vous êtes la seule sincère.

— Je ne comprends pas très bien, monsieur.

— Vous êtes la seule à être vraiment ce que vous semblez être.

Il haussa les épaules.

— Comment peut-on jamais être sûr? Chacun donne la comédie aux autres et souvent à soi-même. Je me souviens d'un temps où je me croyais un maire de qualité, jusqu'à ce que je me sois heurté à la bêtise au front de taureau comme disait je ne sais plus qui. Je pense que nous vivons dans un monde d'apparences, monsieur et par-là, la philosophie extrême-orientale qui refuse ce monde, ne me paraît pas sans attrait.

— Dans mon métier, cette philosophie n'a pas cours. Vous ne me demandez pas quel est mon métier?

— Pourquoi vous le demanderais-je?

— Ne serait-ce que par curiosité?

— Une faiblesse que je n'ai plus.

— Apprenez cependant que je fais un boulot difficile et qui, par instants, me dégoûte.

— Je vous demande pardon, pour quelles raisons n'en changez-vous pas?

— Manque de courage, sans doute... Je m'y

résoudrais si je rencontrais quelqu'un qui m'aiderait à recommencer.

— Une femme?

— Une femme, oui. Cela vous paraît ridicule?

— Certainement pas. C'est la loi commune. J'ai été marié, moi aussi. Très peu de temps. Elle est morte, ce qui me permet de rêver d'elle. Un philosophe de chez nous a écrit : « L'amour n'est éternel que s'il ne dure pas; et cela est général. Il n'y a d'éternel que ce qui n'a pas la durée; la durée use le temps. » Il faut méditer là-dessus, monsieur. Ce même philosophe a encore dit : « Les hommes sont fous de vivre d'espoir alors qu'ils ont le souvenir. » Belle sagesse, ne pensez-vous pas?

— Je ne sais pas.

— En effet, vous ne pouvez pas savoir puisque vous êtes amoureux.

— Comment êtes-vous au courant?

— Ça n'a rien de sorcier, il n'est que de vous observer. Depuis que j'ai eu le plaisir de vous rencontrer, je vous sens préoccupé, je vous devine d'humeur changeante.

— Ce pourrait être mon travail?

— Je ne le crois pas.

— Et vous avez raison, Mathieu. J'ignore encore si celle que j'aime vaut la peine d'être aimée.

— Certainement, puisque vous l'aimez.

Comme j'aurais voulu qu'il eût raison!

— Alors, que Dieu me vienne en aide!

— Sur ce point, vous pouvez être rassuré, monsieur, car Marguerite de Navarre a affirmé : « Dieu aide toujours aux fous, aux ivrognes et aux amoureux. »

J'observai longuement mon compagnon qui mâchait tranquillement. Seule la paupière un peu fripée et aussi quelques plis assez profondément creusés des ailes du nez aux commissures des lèvres soulignaient un âge que le cheveu à peine givré démentait. L'allure d'un philosophe du Moyen Age encore attaché à la glèbe et s'attaquant aux problèmes de l'homme en passant par les vérités de la nature.

— Mathieu... Je ne parviens pas à comprendre qu'avec votre culture, vous meniez une existence aussi... enfin, aussi sordide.

Il se tourna vers moi, une lueur amusée dans le regard.

— Parce que, ainsi que tous les autres, vous avez oublié.

— Oublié quoi?

— Que la liberté est la seule vraie richesse sur cette terre.

De ce déjeuner chez les Mazoires, j'emportai une impression extrêmement confuse. Le maître de maison m'avait accueilli avec une courtoise indifférence. N'étant ni un cerveau ni un athlète, je ne l'intéressais pas. Il toléra, de bonne grâce, que sa femme me servît un menu à peine différent du sien — beefsteak, légumes verts au beurre et fruits — je veux dire avec les mêmes plats, mais traités de façon un peu plus gastronomique. Pendant tout le repas, Mazoires monologua sur les chances qu'avait le F. C. Auch d'accéder aux phases finales du championnat de France, sur les possibilités pour le Droff, gloire du rugby local, de réapparaître dans l'équipe nationale qui affronterait le Tournoi des Cinq Nations. Sur ce chapitre, en tant qu'ancien joueur, je pouvais tenir ma partie. Mon hôte changea d'attitude lorsqu'il sut mon passé de rugbyman. Je lui devins, brusquement, sympathique. Nous eûmes une âpre discussion quant au rôle de talonneur et nous nous accordâmes sur le manque de titulaires de qualité à ce poste. Quand vint l'heure du café, nous semblions les meilleurs amis du monde et Berthe, une fois de plus, avait été oubliée.

Nous nous entendions si bien, Mazoires et moi, qu'il ne me fut pas très difficile de l'amener au sujet qui me préoccupait. Il m'écouta parler de mes hésitations, de mon embarras. J'en rajoutais pour tenter de lui donner la conviction qu'il en savait beaucoup plus que moi et qu'il ne dépendait que de sa sagacité que le coupable fût démasqué. A ma grande déception, Mazoires m'expliqua :

— A mon avis, Savières, vous êtes parti sur une fausse route en vous obstinant à vouloir dénicher le meurtrier chez nous; je ne suis pas un flic. Si je connaissais le salaud qui a tué Montreux, je ne vous le confierais pas, mais je le tuerais de mes propres mains. Voyez-vous, mon cher, parmi tous ces types, il n'y en a pas un capable d'abattre son prochain, sauf moi. Or, je n'ai pas assassiné Montreux. Pourquoi l'aurais-je fait, d'ailleurs? Pour me procurer le dossier wagstram? Je n'ai rien à en foutre. Le vendre aux gens de l'Est? il me faudrait aller vivre chez eux et ils ne jouent pas au rugby, ces sauvages! Aux Amerlocs? Je m'embêterais aux U. S. A. Et puis, j'aime mon boulot, la recherche. Quand on est arrivé au bout, on recommence dans une autre direction, c'est ça qui est épatant. Je vais vous révéler un secret : si on supprimait le labo, je ne quitterais pas la région. Je m'y plais. Je trouverais un job quelconque dans ma spécialité, mais je demeurerais en Gascogne, je vous en donne ma parole.

Assez méchamment, je demandai :

— Mme Mazoires s'y plaît-elle également?

Sur l'instant, j'eus l'impression qu'il ne savait pas de qui je parlais.

— Berthe? Elle est toujours de mon avis et partage mes goûts. Du moins, elle s'y essaie. N'est-ce pas, Berthe?

Elle ne releva pas la tête de la broderie à laquelle elle s'occupait pour ne point gêner notre conversation. Présente et absente, cette femme réussissait ce miracle de mériter au même moment les deux épithètes.

— Pour en revenir à vos collègues...

Il m'interrompit, jovial.

— Personne, je vous le répète n'aurait le cran de supprimer son semblable. Tenez, dès que l'un de nous se blesse, Laloubère manque s'évanouir...

Un type plein de qualités sur le plan travail, mais un mou, un veule. Il ferait bien de se mettre à la culture physique. Poiroux se conduit comme un abruti chaque fois qu'on l'arrache à ses mathématiques. Vous devriez demander à cette malheureuse Paulette. Son mari ne s'occupe pas plus d'elle que si elle n'existait pas (Je surpris le regard haineux de Berthe à son inconscient d'époux.) Je l'ai vu, un jour, dans un repas, manger un papier tombé dans son assiette. Nul n'a osé attirer son attention et il l'a boulotté, sans s'en apercevoir. Quant à Hugier il ne pense qu'à ses amours.

— Avec Mme Laloubère?

— Halte-là, Savières! Mur de la vie privée, pas essayer de regarder par-dessus, telle est ma devise! Ceci dit, je conviens qu'on raconte beaucoup d'histoires, mais personne n'a jamais pu apporter une preuve, et puis, ça ne nous regarde pas, hein?

Un brave type, finalement, ce Mazoires.

— Et Savournon?

Le physicien se mit à rire.

— Il tremble devant sa femme. Je vous répète, Savières, qu'il n'y en a pas un qui soit de taille!

— Vous oubliez Tivery!

— Lui? Ah! la la! un dur à la manque... Autrefois, peut-être, mais aujourd'hui! Un soir, je m'en souviens, il m'a répondu avec une telle grossièreté que je lui ai flanqué une gifle. Eh bien! devineriez-vous ce qu'il a fait? Il a failli pleurer et s'est confondu en excuses. Voilà Tigery.

Alors que je prenais congé des Mazoires, je m'enquis :

— Vous-même, monsieur Mazoires, vous n'avez pas une petite idée quant à l'identité de celui que je cherche?

— Ça se pourrait, mais je ne puis rien dire tant que je ne possède pas de preuve. Cependant, mon bon, je peux vous donner un conseil : vous devriez veiller à vos fréquentations.

2

A l'abri des regards, je m'étais installé, en sortant de chez les Mazoires, dans un café de la place de Verdun et, réfugié au fond de la salle, buvant un café, je donnais l'impression d'attendre quelqu'un. En réalité, c'est l'inspiration que j'attendais. Elle tardait à se montrer. Je crois que de toute ma carrière je n'avais jamais été aussi embêté. Les jours passaient et, pour être franc, je n'avançais pas d'un pouce. La moindre piste découverte se terminait en cul-de-sac ou mieux, se diluait dans une sorte de désert où je ne savais plus s'il me fallait prendre à gauche ou à droite. M. Duval devait se demander ce que je fabriquais. Chaque fois que je pensais pouvoir étayer ma conviction, il se produisait un incident qui me renvoyait au point de départ, c'est-à-dire dans l'incertitude. Culpabilité de Christine et d'Hugier affirmée par celui-ci, démentie par celui-là. Rapports intimes d'Hugier et de Christine tenus pour assurés ou niés. Tigery réputé amoureux sans espoir ou tueur à gages. Dans ce petit monde du laboratoire Laloubère, on semblait ne rien connaître des uns et des autres sinon ce qu'on en inventait? Ce qui, par-dessus tout, m'exaspérait, c'était ma certitude que les hommes et les femmes rencontrés me donnaient peu ou prou la comédie et que je ne parvenais pas à distinguer le vrai du faux dans leurs confidences trop faciles. Même la pieuse Berthe ne m'inspirait plus une confiance totale depuis que j'avais attrapé le coup d'œil haineux qu'elle adressait à son mari. J'admettais fort bien son état d'esprit, mais il ne cadrait pas avec la résignation affichée lors de notre entretien.

Qu'avait pu vouloir insinuer Mazoires en me mettant en garde contre mes fréquentations? A qui faisait-il allusion? A Christine? à Hugier? J'étais presque convaincu que le physicien se doutait de l'identité du coupable, mais que son sens sportif du jeu, l'empêcherait de venir à l'aide de l'un des deux adversaires, moi ou l'autre. Avec qui avait-il pu me voir? En compagnie de Christine, sans doute? Il n'était pas dans les parages lorsque j'avais rencontré Paulette et Amparo. Peut-être avait-il appris mon escapade avec les Savournon à Condom? Brusquement, je pensai à Mathieu. C'est avec lui qu'on avait pu me surprendre le plus fréquemment. Je me mis à penser au clochard philosophe et je dus convenir que je ne savais pratiquement rien sur ce singulier personnage. Ce que m'avait confié Daguin à son sujet se révélait bien vague et n'était peut-être qu'un conte. Cette passion de la liberté, à la réflexion, ne me satisfaisait guère pour expliquer une existence aussi pénible surtout pour un homme ayant vécu dans un milieu tout différent. Mazoires m'avait répété qu'aucun des chercheurs du laboratoire n'était capable de tuer. Cette réflexion sous-entendait qu'il me fallait chercher le criminel ailleurs que dans le groupe où je m'obstinais à le découvrir. Mathieu? Plus j'avançais dans cette voie et plus je me persuadais que le clochard trop cultivé n'ignorait pas grand-chose de mes faits et gestes. Loisin arrivait d'un hôpital toulousain et, avant, avait été enfermé. Qu'est-ce qui le prouvait? Il avait pu raconter n'importe quoi. Serait-ce stupide d'envisager que Mathieu soit un de mes confrères, travaillant pour d'autres couleurs? Il était à Auch depuis quelques mois, c'est-à-dire un laps de temps suffisant pour imposer sa silhouette à l'opinion de façon à ce qu'on ne la remarquât bientôt plus. Dès lors, il pouvait se promener de jour et de nuit, n'importe où, sans éveiller de périlleuses curiosités. Sa réputation de vagabond serviable, le mettait à l'abri de tout soupçon. Spontanément, je le croyais homme, le cas échéant, capable de tuer. Si je raisonnais juste, je devais convenir qu'il n'était qu'un agent d'exécution. Il attendait que son complice lui passât le dossier wagstram qu'on n'aurait pas l'idée d'aller chercher dans son refuge. Trop malin pour disparaître son coup fait, il rencontrerait un autre agent à qui il remettrait son butin. Il demeurerait encore quelques mois à Auch et aux premiers souffles du printemps, il argüerait de son désir irrésistible de changer d'air et se perdrait dans la nature. Je devais, le plus tôt possible, apprendre si, oui ou non, Mathieu Loisin me menait en bateau depuis notre rencontre sur la place de la Libération, au café Daroles.

Rue Gambetta, j'entrai dans l'immeuble des P. T T. et ayant obtenu Mlle Antoinette, je lui donnai toutes les coordonnées en ma possession afin qu'elle pût vérifier si Mathieu Loisin me bernait. Elle m'assura qu'elle allait m'envoyer les éclaircissements demandés dans les plus brefs délais. Je profitai de ma présence à la poste pour téléphoner à Christine, d'abord parce que cela me faisait plaisir, ensuite parce que j'en avais assez de jouer les têtes de Turc. Lorsque je l'entendis, mon cœur se mit à battre un peu plus vite. J'étais sérieusement pris. Quand je lui demandai de la rencontrer, elle eut une hésitation qui se traduisit par un assez long silence, puis elle me demanda :

— Est-ce pour me dire encore des horreurs?

— Cela dépend de ce que vous nommez ainsi?

— Vous le savez parfaitement...

— Bon, vous me recevez?

— Bien sûr et puis, pour être franche...

Je ricanai intérieurement.

— ... J'allais vous appeler.

— Pourquoi donc?

— Parce que j'ai peur, Jacques.

Elle avait raccroché depuis quelques secondes que j'étais toujours dans la cabine, le combiné à la main. Elle avait dit mon prénom! Cri du cœur ou ruse nouvelle? Christine... Que Dieu fasse qu'elle ne soit pas coupable, ou du moins que je puisse la protéger sans trahir ma mission! Je me rappelai subitement qu'elle m'avait avoué avoir peur. Sans réfléchir davantage, je me précipitai hors de la cabine, bousculant une dame qui grommela que j'avais de drôles de manières et que la goujaterie était à l'ordre du jour. Elle n'avait pas tort.

A Savournon qui me reçut comme d'habitude, j'annonçai que je devais avoir un entretien très grave avec Mme Laloubère et je lui intimai l'ordre de demeurer dans le hall. S'il voyait Laloubère emprunter l'escalier menant à son appartement, il devait trouver un moyen de le retenir et envoyer Hilda me prévenir. Il me donna sa parole de suivre mes instructions.

— Pourquoi avez-vous peur, madame?

Nous étions dans le salon. Christine, en face de moi, semblait réellement inquiète. Elle ne cessait de nouer et de dénouer ses doigts. Sa nervosité était extrême. Je répétai ma question :

— Pourquoi avez-vous peur?

— Parce que... parce que... je connais... enfin, je sais qui est le coupable... et lui sait que je suis au courant... Alors, j'ai peur... en pensant à Montreux.

— Qui est-ce?

— Oh! Mon Dieu...

Elle se mit à pleurer. Je dus me pencher pour l'entendre murmurer :

— Mon mari.

Le plafond me serait tombé sur la tête que je n'eus pas été mieux assommé. Je mis quelques instants à récupérer et à pouvoir demander d'une voix calme :

— Vous vous rendez compte de ce que vous venez de dire?

Son oui fut presque imperceptible.

— Vous devez comprendre qu'il me faut autre chose qu'une affirmation pour ajouter foi à cette accusation?

Elle hocha la tête :

— Alors, madame, je vous écoute.

— J'ai commencé à comprendre à notre retour de Paris. Ce que m'avait appris M. Duval, ce que vous m'aviez répété, m'a ouvert les yeux. Une fois renseignée sur la sévérité de votre organisation, le secret qui entoure ses activités, il ne m'apparaissait pas possible qu'Henri n'ait pas été au courant. Mieux que personne, il devait savoir qu'il n'avait pas le droit de m'envoyer vers vous à sa place. J'avais trop envie d'aller à Paris pour me poser, alors, beaucoup de questions. Son histoire de grippe inventée m'était apparue comme une plaisanterie qui servait mes desseins. Lorsque je me suis rendu compte de votre inquiétude, quand je dus reconnaître que je ne pouvais mettre en doute vos affirmations, j'ai commencé à m'interroger. Henri était le mieux placé pour pouvoir disposer du dossier wagstram qu'il manipulait à sa guise. Toutefois, je crois que c'est la terrible colère qu'il a prise en apprenant votre présence et votre intention d'enquêter, qui m'a ouvert les yeux.

La même interrogation me battait toujours dans la tête : était-elle sincère?

— Ce ne sont que des impressions, madame. On ne peut convaincre quelqu'un de crime sur de simples impressions.

— Montreux m'avait fait part de ses soupçons.

Là, elle me coinçait.

— Il vous a textuellement dit que Laloubère trahissait ou avait l'intention de trahir son pays?

— Non. Un soir où il venait dîner à la maison, tandis qu'Henri s'attardait au laboratoire, il me confia ses préoccupations. Il jugeait le comportement de son ami étrange depuis quelque temps. A deux ou trois reprises, Henri avait déclaré, en plaisantant, que des gouvernements étrangers seraient sans doute prêts à verser de grosses sommes pour se procurer le dossier wagstram. Une autre fois, il aurait affirmé qu'après tout, c'était de sa découverte à lui qu'il s'agissait et donc que nul ne pouvait lui en contester la propriété. Enfin, le jour de notre dîner, il avait déclaré à Montreux que si ses travaux devaient renforcer l'armement des nations impérialistes, il préférerait les détruire.

— Vous pensez qu'il a tué Montreux parce qu'il ne pouvait espérer le persuader d'entrer dans ses vues?

— Non, Henri eût été incapable d'un pareil geste.

Son opinion rejoignait la conviction de Mazoires.

— Alors, qui?

— Je l'ignore. Un complice, sans doute, ou un homme de main recruté pour la circonstance?

— Ce genre d'individu, chère madame, ne doit pas se rencontrer souvent dans les rues d'Auch.

— Peut-être venait-il d'ailleurs?

Je pensai à Mathieu Loisin.

— Si tout ce que vous me révélez est vrai, pourquoi ne pas m'avoir parlé plus tôt?

— Henri est mon mari.

— Ce n'est pas une raison.

— Pour vous, peut-être, mais pour moi, oui.

— Si vous vous étiez confiée à moi, Montreux serait encore en vie.

— Non, son meurtre est survenu trop vite...

— Et l'attentat dont j'ai failli être victime sur les allées d'Etigny?

— Je vous demande pardon.

Elle me regardait avec ses yeux tendres,

mouillés de larmes. J'éprouvais une envie folle de la prendre dans mes bras.

— Madame Laloubère, si votre mari est coupable, pour quelles raisons pensez-vous qu'il ait agi de la sorte? Le désir de devenir riche?

— Je ne crois pas. Henri ne s'est jamais soucié de l'argent. Autrement, il serait entré dans l'industrie. J'estime que c'est à cause de ses idées politiques. Il est certain qu'à l'Est, les gens de sa sorte mènent une existence agréable. Il prétend que le bonheur ne régnera sur l'humanité que si le communisme triomphe. Les événements de Prague, en 1968, ont un peu amorti son enthousiasme, mais il a facilement triomphé de ses doutes. Il enviait le sort des chercheurs en Russie.

— Il le connaissait?

— Non. Si Henri montrait un esprit rigoureux dans ses travaux, il devenait naïf comme un enfant pour tout ce qui ne concernait pas son laboratoire.

— A votre avis, Laloubère a un complice et c'est ce complice qui a tué Montreux et m'a tiré dessus?

— J'en suis sûre.

— Malheureusement, il faudrait pouvoir mettre la main dessus.

— Sur ce point, je ne puis vous apporter aucune aide, monsieur Savières, qu'allez-vous faire?

— Chercher le complice hypothétique du traître.

— Et... mon mari?

— Je tiens à le laisser terminer ses travaux en toute quiétude et je compte sur votre silence.

— Je vous le promets.

Ainsi, elle se sentait le courage de vivre pendant des jours encore auprès d'un homme qu'elle savait condamné. Cette constatation tempéra mon attendrissement. Une femme d'un tel sang-froid, d'une telle sécheresse de cœur, n'était-elle pas capable de sacrifier n'importe qui pour assurer sa propre sauvegarde ou pour protéger celui qu'elle aimait? A la façon dont elle essayait de lire sur mon visage si elle m'avait ou non convaincu, je me durcis.

— Madame, au cas où vous auriez raison, où vos soupçons seraient fondés, je conclurais mon enquête. Mais vous connaissez le vieux proverbe : qui n'entend qu'une cloche, n'entend qu'un son.

— Dois-je comprendre que vous envisagez un mensonge aussi monstrueux de ma part?

— Imaginez-vous, madame, que Tigery m'a agressé l'autre soir et ce matin, lorsque je l'ai un peu malmené, il m'a avoué qu'il avait agi sur ordre de Jean Hugier et de vous-même. Il a ajouté de surcroît que, toujours pour vous obéir à tous deux, il avait tenté de m'abattre sur les allées d'Etigny.

— Comment pouvez-vous croire une absurdité pareille?

— Vous me demandez bien de croire à la culpabilité de votre mari que vous dénoncez? Est-ce plus vil de tuer que d'envoyer quelqu'un en prison pour y finir son existence?

Elle sanglotait maintenant et bégayait :

— Je... je l'ai dé... dénoncé... parce que... que je ne veux plus de... de meurtres!

— Calmez-vous, je vous en prie.

Je pris ses mains dans les miennes et les lâchai précipitamment pour ne pas céder à une tendresse qui, une fois encore, me bouleversait.

— Madame Laloubère, essayez de vous mettre à ma place... Je donnerais n'importe quoi pour que vous ayez raison, non pas que je souhaite plus particulièrement le châtiment de votre époux, mais parce que je voudrais que vous ne soyez pour rien dans cette lamentable histoire et vous savez pourquoi. Cependant, je dois exercer mon métier et me dire que vous mentez peut-être, pour vous protéger ou en protéger un autre. La plupart des gens interrogés m'ont assuré ou m'ont laissé entendre que vous entreteniez des rapports plus qu'amicaux avec Jean Hugier. De plus, j'ai vu ce dernier les bras chargés de journaux d'extrême gauche...

— Je n'avais pu aller les chercher pour Henri et j'avais prié Jean de les prendre.

— C'est, décidément, un garçon plein de bonne volonté.

Christine répondit sans s'émouvoir :

— Vous n'ignorez pas qu'il m'aime et j'avoue

que je suis assez égoïste pour m'appuyer sur cet amour afin de me décharger de menus travaux qui me déplaisent.

— Je désirerais être certain que vous ne vous déchargez sur lui que de menus travaux. Vos explications sont plausibles, bien sûr, mais rien ne s'oppose à ce qu'on déduise autre chose de vos propros. Par exemple, que vous répondez à la tendresse d'Hugier et que par amour, il ait accepté de vous seconder dans... dans une très vilaine besogne.

— Vilaine me paraît faible pour qualifier un meurtre, un attentat, un vol et une trahison.

— Je partage entièrement votre opinion.

Il y eut un silence, puis elle me demanda avec douceur :

— Vous envisagez donc l'hypothèse que je puisse avoir commis tous ces crimes, auquel il faudrait ajouter celui de faire payer mon mari à ma place?

J'écartais les bras dans un geste d'impuissance. Elle continua :

— Et tout cela pour de l'argent ou par amour pour Hugier?

— Je conviens que la jalousie me brouille un peu le jugement et je m'en veux de...

C'est elle qui me prit par la main.

— Pour quelles raisons vous entêter, Jacques? Vous êtes convaincu de mon innocence et vous l'êtes parce que vous m'aimez et que cela est plus sûr que toute déduction logique ou théorie aventureuse.

Je sentais qu'elle avait raison. Je murmurai :

— N'abusez pas de la situation, je vous en prie...

Elle sourit.

— Il est vrai que je n'aime pas mon mari. Je ne l'ai jamais aimé, mais c'était un compagnon auquel je m'étais habituée... Si j'avais aimé Jean Hugier, je serais partie depuis longtemps... Je m'étais résignée à vivre jusqu'au bout auprès d'Henri dans cette grisaille monotone qui est mon lot. Maintenant que je ne peux plus ignorer sa malhonnêteté, les liens ténus qui nous unissaient sont rompus et pour toujours. Dès que cette histoire sera terminée, je quitterai Auch.

— Pour aller où?

— Qu'importe?

— Seule?

— J'espère que non.

— Avec qui, alors?

Elle me fixa de son beau regard limpide.

— Avec vous, si vous le souhaitez, Jacques.

Une telle joie m'emplissait et si soudainement que je bégayais :

— A... avec... moi?

— Ne me dites pas que vous ne vous êtes pas aperçu que je vous aimais?

Je la pris dans mes bras. Nous échangeâmes notre premier baiser. Christine s'écarta pour me chuchoter :

— Quelle étourdie je suis! J'ai oublié, monsieur Savières, de vous prier de me confirmer ce que je crois... Vous m'aimez?

Je ne marchais pas, je volais en regagnant l'Hôtel de France. Aussi moche que cela puisse paraître, je ne me souciais plus du dossier wagstram, de la mort de Montreux et de tout ce qui s'en était suivi. Christine m'aimait! Le reste n'avait plus aucune importance. Au fond de moi, cette petite voix que j'aurais bien voulu ne plus entendre, me répéta : « Vous souhaiteriez que le mari fût le coupable, n'est-ce pas? » Et puis après? J'avais le droit d'être amoureux, non? J'estimais en avoir assez fait pour le Service. Je téléphonerai à M. Duval après le rendez-vous que j'avais donné à Christine pour le lendemain, bien loin d'Auch afin d'être à l'abri des regards indiscrets, à Luppé-Violles, pas très loin de Nogaro, aux limites du Gers. J'annoncerai au patron, non seulement que j'abandonnais l'affaire, mais encore que je démissionnais. Il en penserait ce que bon lui semblerait! J'étais sûr que Christine ne portait pas la moindre responsabilité dans tous ces crimes et même... oui, et même si elle y était mêlée, je ne désirais pas le savoir. Je l'aimais, elle m'aimait. Un point, c'est tout. A d'autres de se battre pour les intérêts supérieurs de la France et de la Justice! J'en avais ma claque!

J'abordais la place de la Libération lorsqu'on chuchota derrière moi :

— Voilà deux fois que vous avez manqué

d'être écrasé sans que vous en ayez pris conscience, monsieur.

Je me retournai. Mathieu me souriait. Qu'est-ce qu'il fabriquait à cet endroit précis où, curieux hasard, je me trouvais? Je me rappelais l'avertissement de Mazoires sur mes fréquentations. Est-ce que, vraiment, Loisin serait l'homme que je cherchais jusqu'à cet instant où je venais de décider de ne plus exercer le métier? Il était vraiment bizarre qu'il fût toujours présent sitôt que j'avais un problème difficile. Je l'interrogeai, assez rogue :

— Qu'est-ce que vous foutez là?

Il ne parut pas se formaliser de ma grossièreté.

— Je me promène, monsieur, mon passe-temps favori.

— Et toujours sur les chemins où moi-même, je me balade?

Il y avait de l'ironie dans son regard tandis qu'il me répondait :

— Auch est une petite ville, monsieur, et le hasard n'a pas à s'employer beaucoup pour y faire se rencontrer les gens. Dois-je comprendre que ma société vous importune, monsieur? Notez que je l'admettrais fort bien. Je ne suis pas reluisant.

— Mais non, mais non... Vous m'êtes très sympathique.

— Merci pour votre indulgence, monsieur. Il est vrai que lorsqu'on aime et qu'on est payé de retour, on est prêt à tous les pardons.

Le salaud! Il était déjà au courant!

— Comment savez-vous que...

— Mais je ne sais rien, monsieur. Je me contente de vous regarder et, croyez-moi, il n'est nul besoin d'être sorcier pour deviner qu'on vous aime et que vous aimez.

— Ça se voit à ce point-là?

— Je crois me rappeler qu'Ovide disait : « L'amour et la toux ne se peuvent cacher. » Pardonnez-moi de vous quitter mais des tâches plus prosaïques m'attendent chez M. Daguin.

Si la rencontre de Mathieu m'avait exaspéré, elle m'avait aussi rappelé à l'ordre. Il importait que je me reprenne. Seulement quand étais-je moi-même?

En dépit de mes résolutions, j'arborais ce soir-là un tel air en dînant avec mes amis Daguin que ces derniers n'eurent pas besoin de me poser de question pour comprendre ce qu'il en était. André attendit que nous en soyons au dessert pour confier à sa femme :

— Jocelyne, si tu veux mon avis, eh bien! je ne serais pas étonné que nous soyons de noces d'ici quelques mois.

Jocelyne feignit de s'étonner.

— Qui donc vois-tu en passe de se marier, André?

— Rien qu'un vieux célibataire qui s'était cru plus malin que les autres et qui, finalement, va se soumettre à la loi commune.

Jocelyne me sourit avant d'ajouter :

— Avec joie, j'en suis sûre.

J'entrai, sans plus me faire prier, dans la voix des aveux.

— D'accord, elle m'aime comme je l'aime. Il n'y a donc pas de raison pour que nous ne nous mariions pas?

Daguin secoua la tête :

— Jacques, tu es unique! Il n'y a pas de raison, dis-tu? et le mari, qu'est-ce que tu en fais?

— Oh! le mari... De toute façon, Christine était décidée à le quitter.

— Et ta venue a précipité le mouvement?

— Pas seulement ma venue... Des événements beaucoup plus graves dont je n'ai pas le droit de parler. Quoi qu'il en soit, je te répète que Laloubère n'est plus, ne peut plus être un obstacle entre Christine et moi.

Jocelyne donna son avis:

— Je ne comprends pas grand-chose à vos mystères. Tout ce que je sais c'est que Christine Laloubère est une des plus jolies femmes que j'aie rencontrées et elle semble très douce. Vous serez très heureux avec elle, Jacques.

— Merci, Jocelyne... Mon vœu le plus cher est qu'elle vous ressemble.

Daguin protesta :

— Oh! là... Arrêtons, avant de nous effondrer en larmes dans les bras les uns des autres! et buvons une bouteille de champagne au bonheur de celui qui rentre dans le rang et à la santé de celle qui l'a ramené dans le droit chemin...

Je m'apprêtais à me coucher lorsque le téléphone sonna. On me demandait de Paris. C'était Mlle Antoinette qui me communiquait la rapide enquête sur Mathieu Loisin. Elle confirmait en tout point ce que m'avait raconté le clochard. Je n'avais pas d'inquiétude à nourrir à son sujet. Je remerciai l'aimable demoiselle et raccrochai, soulagé. J'aurais eu de la peine en apprenant que Mathieu m'avait menti. Il m'était sympathique, ce bonhomme. Cependant, si Loisin ne pouvait être soupçonné, contre qui Mazoires m'avait-il mis en garde?

Cette nuit-là, je fis des rêves dont je ne me souviens pas, mais qui durent être fort agréables si j'en juge par l'état euphorique qui était le mien dès mon réveil.

Il avait été convenu, entre Christine et moi, qu'elle quitterait Auch tôt dans la matinée et que je la rejoindrais à Luppé-Violles vers midi. Ainsi, nous espérions déjouer les curiosités. Ma bien-aimée souhaitait se promener une dernière fois dans ce Gers qu'elle savait être une contrée où il est doux de vivre quand on y a, en plus, quelqu'un à aimer. J'ignorais encore ce qu'il adviendrait de nous, mais je ne désespérais pas de revenir au pays natal et de m'y établir définitivement. Vieillir entre l'amour et l'amitié, est-il plus beau sort? La joie me rendait lyrique et un peu bébête.

Je nouais ma cravate lorsqu'une idée suspendit mon geste : ce serait un beau cadeau à faire à M. Duval que de lui remettre, en même temps que ma démission, le meurtrier de Montreux. Sans plus tergiverser, je résolus d'avoir un entretien avec Laloubère et si l'occasion s'en présentait, d'obtenir ses aveux. Quelle magnifique surprise ce serait pour Christine si, en la rejoignant à Luppé-Violles, je lui annonçais sa prochaine liberté.

Je quittai l'Hôtel de France d'un pas qui devait être celui de d'Artagnan entraînant ses Gascons à l'assaut des positions espagnoles.

La première personne que je rencontrai, place des Carmélites fut Jean Hugier. Nous pénétrâmes de conserve dans la maison Laloubère et Hugier ayant la clef de l'immeuble, nous n'eûmes pas à avoir recours à Savournon.

— Monsieur Savières, voudriez-vous entrer quelques instants dans mon bureau? j'aimerais vous entretenir d'un sujet qui nous tient à cœur, à vous et à moi.

Il allait me parler de Christine. Je ne pouvais refuser son invitation bien que la perspective d'une pareille conversation me parût extrêmement désagréable.

La porte de son refuge refermée, Hugier attaqua tout de suite :

— Christine m'a mis au courant. Elle vous a livré son mari. Elle a eu raison. Je crois qu'elle n'aurait agi de la sorte, si elle ne vous avait aimé. Moi-même, si je ne l'avais aimée, je vous aurais confié mes soupçons d'abord, mes certitudes ensuite. Seulement, quand il faut choisir entre le devoir et l'amour, je crains qu'il n'y ait qu'au théâtre qu'on puisse rencontrer des âmes assez fortes pour préférer le devoir.

Il eut un pauvre sourire.

— C'est aujourd'hui seulement que je prends totalement conscience de ma défaite. Je ne vous en garde pas la moindre rancune, monsieur Savières. Si ce n'avait été vous, un autre sans doute... Christine ne m'aime pas, elle ne m'a jamais aimé... Il me faut l'admettre pour si dur que ce soit. Avez-vous l'intention de partir bientôt tous les deux?

— Le plus tôt possible.

Il soupira :

— J'aurais tant voulu pouvoir faire ce que vous vous apprêtez à faire... Et Laloubère?

— Je m'occupe de lui.

Hugier se leva et me tendit la main :

— Que Christine soit heureuse, c'est tout ce qu'il me reste à souhaiter.

— S'il ne tient qu'à moi, je vous jure qu'elle le sera.

Laloubère ne se doutait certainement pas de ce qu'il se passait entre sa femme et moi si j'en devais juger par la chaleur de son accueil.

— Mon cher ami, une grande nouvelle! Vous devinez?

Je me sentais dans mes petits souliers.

— Ma foi...

— J'ai mis le point final au dossier wagstram!

D'un coup, il me fallait abandonner le domaine des songes bleus pour revenir à la réalité. Oubliant mes projets de démission, je me dis que Laloubère ne m'avertirait pas de sa réussite, s'il était au courant de ce que j'avais appris à son sujet.

— Bravo! Maintenant, il s'agit de redoubler d'attention!

— Mon cher, ne vous tracassez pas. Cette nuit, j'ai brûlé toutes mes notes et le dossier wagstram, en triple exemplaire — tapé par mes soins — est enfermé dans ce coffre qui n'a que deux clefs. Je vous en remets une, je garde l'autre.

Il me tendit une clef que je glissai dans ma poche, après avoir ouvert et refermé le coffre afin de m'assurer de la présence du dossier.

— Qui est au courant de l'achèvement de vos travaux?

— Personne.

— Vous en êtes sûr?

— Absolument sûr! Sauf Christine, évidemment... Je n'ai pu lui cacher ma joie quand je me suis décidé à regagner l'appartement aux premières heures du jour.

— Quelle a été sa réaction?

— Pardon?

— Cessons de jouer au plus fin, Laloubère, Christine m'a tout raconté.

— Je ne saisis pas?

— Elle a parlé parce qu'elle avait peur.

— Peur? Christine avait peur? et peur de quoi? de qui?

— De vous.

— De moi?

— C'est-à-dire du meurtrier de Montreux, du traître qui a proposé le dossier wagstram aux Russes, du lâche qui a essayé de m'abattre en restant dans l'ombre!

Il ne répondit pas tout de suite et quand il s'y décida, sa voix était légèrement enrouée.

— Christine vous a dit tout ça?

— Oui.

— Et vous l'avez crue?

— Oui.

— Vous l'aimez donc?

— Oui, mais je ne vois pas le rapport?

— On ne peut admettre de pareilles absurdités que si elles tombent des lèvres de quelqu'un qu'on aime.

— N'essayez pas de m'attendrir!

— Vous vous trompez, Savières, c'est vous qui m'inspirez de la pitié!

— Tiens donc! et pour quelles raisons, je vous prie?

— Parce que vous, vous aimez sans doute profondément Christine et qu'elle, elle vous joue la comédie de l'amour.

— Je vous défends de...

Il m'interrompit, ironique.

— Permettez... Je suis encore le mari.

Il laissa passer un temps avant de remarquer.

— Ainsi, voilà la manière qu'elle a trouvée pour se débarrasser de moi?

— Je ne vous crois pas!

— Je sais. Elle a l'art de convaincre. Tous sont amoureux de Christine. Montreux lui-même... Mais elle n'aime personne, sauf elle, et peut-être Hugier...

— C'est faux!

— Savières, ils partiront ensemble.

— Non.

— Si! et ni vous ni moi n'y pouvons rien. La seule chose qui les retienne, c'est le dossier wagstram qui doit assurer leur avenir. Ils tenteront n'importe quoi pour s'en emparer. Tandis que Christine vous neutralise, Hugier demeure aux aguets. Il est fou de Christine et est prêt à toutes les infamies pour la garder.

— Si vous disiez vrai, comment supporteriez-vous une pareille situation?

— Parce que, moi aussi, je l'aime.

Nous restions là, ne sachant plus que dire, aussi stupide l'un que l'autre. En dépit de ma foi en Christine, je ne laissais pas d'être troublé. J'eusse préféré que Laloubère se défendît avec véhémence, qu'il injuriât sa femme, mais sa douceur résignée me désarçonnait.

— Laloubère, nierez-vous que vous nourrissez de grandes sympathies pour les idéologies d'extrême gauche?

— Moi? Sûrement pas! Mon père et mon frère

sont morts dans les deux dernières guerres mondiales et je ne suis pas de ceux qui — comme c'est la mode actuellement — crachent sur l'idée de patrie.

— Pourtant, ces journaux que votre épouse achète?

— Christine a toujours été hantée par l'Est. Une enfance difficile où elle était soumise à un père d'une sévérité excessive et auquel elle se figura échapper par le mariage. Malheureusement, elle ne fit que changer de prison puisqu'elle ne m'aimait pas. Alors, elle continue à rêver à une émancipation totale qu'elle imagine être le lot des femmes au-delà du rideau de fer, la malheureuse. Par haine de l'éducation paternelle, par mépris d'un époux qu'elle considère comme une entrave, elle a reporté sa colère contre la classe bourgeoise dont son père et moi étions ou sommes les produits. Elle se gave d'une littérature incendiaire et approuve tout ce qui semble nuire à une société à laquelle elle refuse d'adhérer. Elle est parvenue à endoctriner Hugier, vous devinez avec quelles armes...

Il mentait! Il fallait qu'il mentît! Je le lui criai. Il se contenta de me regarder d'un air apitoyé qui m'exaspéra.

— Elle vous tient bien... vous aussi.

J'aurais voulu me jeter sur lui, le frapper, l'obliger à se taire. Il continuait sans presque élever la voix.

— A cause d'elle, Hugier est perdu, car vous l'enverrez devant des juges impitoyables à moins que vous soyez obligé de l'abattre... A cause d'elle, je suis un homme fini que plus rien n'intéressera désormais... A cause d'elle, vous êtes peut-être en passe de briser votre carrière... et tout cela pour rien... pour ses beaux yeux... Après ce qu'elle a osé vous dire de moi, je sais qu'elle ne reculera devant aucun obstacle et... et j'ai peur.

Je ne répondis pas. Qu'aurais-je pu répondre? Sa voix se fit, soudain pressante.

— Savières, emportez mes dossiers, je serai plus tranquille.

Accepter cette offre, c'était admettre la culpabilité de Christine et je ne le voulais pas. La proposition de Laloubère était une ruse, un piège... Je n'en devinais pas la nature, mais il fallait que c'en fût un!

— Que risquez-vous? Vous avez une clef, je possède l'autre. Nul ne nous les prendra de force?

— A moins qu'on ne nous fasse subir le sort de Montreux?

— Allons donc! Je ne puis m'embarrasser des dossiers maintenant. Ce ne sont pas là des choses qu'on confie à la poste. Je les porterai moi-même à Paris dès demain.

— Comme vous voudrez.

Bien que la distance fût assez longue, le trajet jusqu'à Luppé-Violles me parut court. C'est miracle qu'il ne me soit pas arrivé d'accident car je conduisis dans une sorte d'état second. Mon entrevue avec Laloubère m'avait porté un coup très dur dont je ne parvenais pas à me remettre. Je ne pouvais m'empêcher de ricaner en songeant que je pensais écraser mon adversaire en lui révélant que je l'avais démasqué et voilà que c'était lui qui me flanquait par terre. J'avais beau me cramponner à ma confiance en Christine, tout ce qu'il m'avait raconté me troublait. Serait-il possible qu'elle fût un pareil monstre? pouvais-je admettre qu'il n'y ait jamais eu un mot de vrai dans ce qu'elle me confiait? Non, non, ses accents ne trompaient pas! mais l'autre... Sa douceur, sa résignation désespérée... Le fait même que je discutais la sincérité de Christine, n'était-ce pas déjà un aveu? L'aimais-je autant que je me le figurais? Si j'avais honnêtement exercé mon métier, je veux dire de la façon dont M. Duval pensait que je l'exerçais, j'aurais dû courir à Toulouse, le dossier wagstram sous le bras, sauter dans le premier avion en partance pour Paris quitte à revenir le lendemain afin d'achever ma mission, ou bien laisser à un autre le soin de la terminer. Mais je ne voulais pas abandonner Christine avant de savoir.

Savoir quoi? Si elle était la meurtrière, la traîtresse que son mari dénonçait — comme elle l'avait dénoncé — ou si elle était digne de ma tendresse? Oh! et puis, à quoi bon me donner la comédie! Ce qui m'importait avant tout se résumait en une pauvre et banale question : Christine m'aimait-elle?

Quand j'arrêtai ma voiture de louage devant l'hôtel-restaurant de l'ami Duffour à Luppé-Violles, le cœur me battait. Quels mots allais-je adresser à celle qui m'attendait? Comment lui dissimuler mes injurieuses incertitudes?

Elle était assise à une table dans le fond. Elle buvait un pousse-rapière. Quand je m'approchai, elle me sourit d'un sourire qui était presque un baiser et à la seule façon dont elle dit : « Jacques... », je compris que je n'étais qu'un sot et Laloubère la plus méprisable des crapules.

CHAPITRE V

1

Cet après-midi passé à Luppé-Violles chez Duffour, je crois que je m'en souviendrai toute ma vie. J'ai goûté, là-bas, les plus belles heures de mon existence. Le tendre accueil de Christine avait chassé de mon esprit toute autre préoccupation que mon amour pour elle. En quelques dixièmes de seconde, mon entrevue avec Laloubère, mes incertitudes quant à la culpabilité hypothétique de ma bien-aimée, le dossier wagstram, M. Duval et ses services étaient oubliés. Je ne me sentais plus dans la peau d'un agent du S. D. E. C. E. mais dans celle d'un homme semblable à ceux que je côtoyais tous les jours et qui n'avaient qu'un souci : leur bonheur. Je ne parvenais pas à croire complètement à la réalité des moments que je vivais. Il me semblait qu'une éternité s'était écoulée depuis ma première rencontre avec Christine, dans le bureau de

M. Duval. Notre querelle dans le restaurant où nous dînions lors de notre dernière soirée parisienne me paraissait très loin, presque perdue dans le temps. J'étais persuadé que je connaissais Christine depuis toujours tant elle répondait à l'idéal féminin que je portais en moi.

Bien que quadragénaire, je me conduisais à la façon d'un adolescent en proie à son premier amour. N'était-ce pas, d'ailleurs un peu le cas? et Christine... Si l'on admettait que son mariage avec cette canaille de Laloubère — et pourquoi douter de ses affirmations à ce sujet? — n'avait été qu'une formalité dénuée de toute passion, pour elle aussi c'était un début. Après les banales formules de politesse échangées en nous retrouvant, nous restions là, assis côte à côte, trop pleins de mots pour savoir quoi dire.

Pensant à ce que nous avions envie d'exprimer, nous ne prêtions pas la moindre attention à ce que nous exprimions. Duffour nous vint en aide en nous demandant ce que nous souhaitions manger. Le choix des mets nous rapprocha et l'enthousiasme dont nous témoignâmes dans nos recherches gastronomiques dissipa notre gêne. Ecoutant les conseils éclairés de notre amphytrion — un maître des sciences culinaires — nous nous sommes décidés, d'un commun accord. pour des médaillons de foie au naturel, un salmis de palombes et une coupe mousquetaire.

Duffour reparti vers sa cuisine, je pris la main de Christine dans la mienne.

— Tout va recommencer, ma chérie.

— Non, Jacques, pour nous, tout commence.

Par cette simple rectification, elle voulait me faire entendre qu'avant notre rencontre, il n'y avait rien eu, que nous partions ensemble, sans bagages, au devant d'une existence nouvelle.

— Je vous ai aimée du moment où je vous ai vue.

— Je sais... A la manière dont vous me regardiez chez M. Duval, j'ai deviné que déjà vous vous étiez mis de mon côté et puis votre jalousie qui, le soir, au restaurant, transpirait dans chacune de vos questions. Ensuite, je pense que c'est durant notre voyage que j'ai commencé à comprendre que vous ne m'étiez pas indifférent. Je le constatai sans pour autant m'interroger sur l'avenir. En apprenant la mort de Montreux, j'ai eu peur pour vous. C'est parce que, spontanément, je désirais vous protéger, que j'ai réfléchi plus à fond au problème qui se posait à tout le monde. Cet amour qui était en moi et dont je n'avais pas encore pris clairement conscience, m'a ouvert les yeux sur l'abominable réalité. Pour ne pas risquer de vous perdre, je suis allée plus loin que je n'avais jamais été dans mes réflexions sur la conduite de mon mari. Je veux me persuader que je vous ai sauvé, cela m'aidera à éprouver moins de honte de mon attitude à l'égard de celui qui est encore mon époux.

En réponse, je passai mon bras autour de sa taille et l'attirai contre moi. Ce geste, cet abandon me mirent des bruits de cloches dans la tête. Maintenant, nous nous confiions l'un à l'autre sans plus de retenue. Nous avons évité d'évoquer mon enquête. Cela n'eût pu que jeter une ombre sur la féerie de l'instant. Nous avons préféré parler de l'avenir. Christine était prête à accepter tout ce que je lui proposerais. Ce n'était pas l'endroit où elle vivrait qui la préoccupait, mais avec qui elle y vivrait. Elle m'assura qu'à mes côtés, elle habiterait n'importe où. Elle insista cependant pour que j'abandonne des occupations trop dangereuses à ses yeux. Elle ne souhaitait pas être séparée de moi et rester seule avec son angoisse lors de mes absences professionnelles. Nous nous sommes amusés à envisager tous les métiers que j'étais capable d'exercer. Je dois confesser qu'il n'y en avait pas tellement.

— Christine, je suis très attaché à ce pays... Je ne m'en suis vraiment rendu compte que depuis mon retour. J'ai la conviction que mes amis me trouveraient un emploi susceptible de me permettre de tenir un rang honorable à Auch ou à Condom.

— Alors, nous nous installerons dans le Gers si vous ne redoutez pas le scandale qui suivra la conclusion de votre enquête.

— Le scandale? Rassurez-vous, mon amour, nous n'avons pas — au S. D. E. C. E. — pour habitude de rechercher la publicité. Tout se passera en douceur et dans le silence.

Vers quatre heures de l'après-midi, nous partîmes nous promener dans la campagne en nous tenant par la main, pareils à des gosses. Ridicules peut-être, mais heureux.

Nous sommes revenus à Auch à une allure d'escargot, nous arrêtant à chaque instant pour regarder le crépuscule envahir la campagne, pour nous embrasser, pour dire n'importe quoi, en bref pour nous témoigner mutuellement notre joie. J'ai ramené Christine jusque sur la place des Carmélites. Je ne craignais plus rien ni personne. Nous nous séparâmes en nous promettant de nous revoir dès le lendemain et en nous avouant que nous venions de vivre la plus belle journée de notre existence.

Daguin n'eut pas besoin de me regarder deux fois pour me dire :

— Toi, je ne te demande pas si tu es heureux?

— Je ne me figurais pas qu'un pareil bonheur pût exister.

— Ça t'apprendra à te persuader que tu sais tout! Mais, le bonheur, ça se nourrit, mon vieux, comme le reste, alors au lieu de te lancer dans un discours, je te conseille de t'asseoir à table. Les grands sentiments s'accommodent très bien de la bonne cuisine.

Jocelyne nous attendait. Pour elle — que je jugeais plus apte que son mari à ne pas sourire de mes enthousiasmes — je fis un récit dithyrambique de mon séjour à Luppé-Violles. Elle m'écoutait, amusée et attendrie. Taquine, elle s'adressa à son mari :

— Je voudrais être certaine que tu parles de moi, quand je ne suis pas là, de la façon dont il parle de sa Christine.

Daguin se mit à rire.

— Ça m'est arrivé quoique tu aies l'air d'en douter! et puis après plusieurs années de mariage, on n'a plus besoin des mots pour être certains qu'on s'aime.

Une soirée merveilleuse qui terminait à la perfection un jour exceptionnel. Nous étions en train de déguster des cuisses de canard « Francis Aminatéguy », lorsque Maria, la servante maison, vint chuchoter à l'oreille de mon hôtesse qui s'adressa à moi.

— Il y a, dans le hall, un policier qui vous demande.

Je suivis Maria et reconnus l'inspecteur qui m'avait interrogé sur mon lit d'hôpital.

— Excusez-moi de vous déranger, monsieur Savières, mais le commissaire souhaite que vous alliez le voir immédiatement.

— C'est grave?

— Il paraît.

Je priai Maria d'avertir les Daguin de mon départ et je suivis le policier.

Le commissaire semblait fort ennuyé.

— Je suis navré d'avoir dû interrompre votre dîner, mais je tenais à ce que vous sachiez le plus vite possible que M. Laloubère est blessé et a dû être hospitalisé.

— Laloubère? Qu'est-ce qu'il a?

— Une balle dans la cuisse et des contusions à

la tête. Il semblerait qu'on l'ait assommé après lui avoir tiré dessus.

C'était bien là la dernière chose que je m'attendais à entendre. Laloubère... Mais alors... Je ne parvenais pas à mettre une idée à la suite l'une de l'autre, sinon que cet attentat innocentait mon suspect n° 1.

— Vite à l'hôpital, monsieur le commissaire. Votre présence me facilitera l'entrée.

— J'ai déjà annoncé votre arrivée.

Quoique son regard fût fiévreux, Laloubère ne paraissait pas très mal en point. Je pris place à son chevet.

— Vous souffrez?

— Pas trop de ma cuisse... On va m'extraire la balle sitôt que vous m'aurez quitté... C'est la tête... Il n'y a pas été de main morte, le salaud!

— Qui est-ce?

— Je l'ignore... Je suis tombé sous le choc de la balle... Je me souviens d'avoir entendu courir quelqu'un qui devait porter des espadrilles et puis, l'impression qu'une tuile détachée du toit me tombait sur le crâne... Je me suis réveillé dans ce lit.

— La clef?

— La...? Elle doit être dans la poche de mon veston... Regardez dans la penderie.

Je fouillai le vêtement sans illusion. Je savais que je n'y trouverais pas ce que je cherchais. Effectivement, la clef avait disparu. Je le dis à Laloubère qui s'écria :

— Courez au laboratoire et voyez...

J'étais dehors avant qu'il n'eût achevé sa phrase.

Ma main tremblait un peu tandis que j'ouvrais le coffre où j'avais vu les deux exemplaires du dossier wagstram. Il était vide. On avait tiré sur Laloubère dans le seul but de lui prendre sa clef. Savournon, que j'avais arraché à sa télévision, me contemplait, ahuri. Je soupirai :

— Ça va, Savournon... Retournez auprès de votre femme, mais restez à ma disposition. Je peux avoir besoin de vous, tout à l'heure.

— A vos ordres.

A cause de moi... C'était à cause de moi que le dossier wagstram s'était envolé.. J'aurais dû... J'avais trahi mon devoir et le résultat ne s'était pas fait attendre... Comment expliquer à M. Duval qu'ayant eu l'occasion de lui apporter le dossier ce jour même, j'avais préféré une aventure sentimentale à mon devoir? Maintenant que j'étais placé devant la réalité des faits, je me jugeais sévèrement et ce qui, le matin, m'apparaissait tout naturel devenait une faute sans excuse. Je m'étais déshonoré en trahissant la confiance de mon chef.

Je téléphonai au commissaire. Il m'apprit, sur ma demande, que l'attentat avait eu lieu vers vingt et une heures et n'avait pas eu de témoin. Il s'était déroulé rue de Florence. Pour lui, le criminel connaissait les habitudes de sa victime qui, souvent, le soir, effectuait une promenade à travers la vieille ville en suivant un itinéraire toujours le même.

Celui qui avait tiré sur Laloubère savait par où il passerait. Il savait aussi que le dossier wagstram était prêt. Cela limitait les recherches. Soudain, j'eus de la peine à respirer en me rappelant ma conversation avec Laloubère :

— Qui est au courant de l'achèvement de vos travaux?

— Personne.

— Vous en êtes certain?

— Absolument certain. Sauf Christine, évidemment...

« Sauf Christine, évidemment... Sauf Christine, évidemment... Sauf Christine évidemment... » Ces trois mots sans cesse répétés me martelaient le crâne... Je ne pouvais pas...! Je ne pouvais pas admettre que Christine n'ait pas été sincère avec moi.. Ce n'était pas possible! Je tournais comme un lion en cage dans le laboratoire. Cette évidence que je refusais, je la sentais s'insinuer lentement en moi et m'occuper bientôt tout entier, me forçant à réfléchir à ce à quoi je m'obstinais à ne pas vouloir penser. Et si c'était Laloubère qui avait dit la vérité? et si Christine et Hugier, complices liés par je ne sais quels liens, s'étaient arrangés pour subtiliser le document wagstram? Avertie par son trop naïf mari, Christine alertait Hugier. Pendant qu'elle m'écartait en me jouant la comédie de l'amour, son amant chargeait Tigery d'éliminer le mari et, le coup fait, la clef volée, se précipitait place des

Carmélites pour dérober le dossier. Dans un tel raisonnement, la logique trouvait son compte, pas mon cœur.

En dépit de mes efforts, je ne parvenais pas à prendre une claire conscience des événements parce que je me heurtais toujours à ce mur contre lequel ma raison se blessait : la duplicité de Christine. Je n'avais pas le courage de monter lui réclamer des explications. Je redoutais l'aveu auquel, la colère aidant, j'étais capable de la contraindre et qui risquait de me pousser à un geste que je regretterais ma vie entière. Elle avait beau être un monstre, elle restait, pour moi, Christine... Christine que j'aimais, que je ne pourrais jamais m'empêcher d'aimer. Dans l'espoir de la sauver à mes propres yeux et de sauver, du coup, mon amour, j'envisageais toutes les hypothèses susceptibles de la mettre hors de cause, mais je me cognais sans cesse à la phrase de Laloubère : « Sauf, Christine, évidemment... »

Cet Hugier... J'aurais désiré concentrer ma haine sur lui. Je n'y parvenais pas. Je me doutais qu'il était aussi une victime et qu'un jour ou l'autre, il paierait sa malheureuse passion sans même que j'aie besoin de m'en mêler. Il avait dû se contenter de transmettre les ordres à Tigery, les ordres de Christine. Il fallait que je passe mes nerfs sur quelqu'un. Pour ne pas devenir fou, j'avais besoin de m'empoigner avec n'importe quel adversaire. Je me précipitai dans le couloir en appelant Savournon qui accourut.

— Allons chez Tigery!

— Il doit dormir.

— Je vous fiche mon billet que je vais le réveiller et en fanfare!

La porte de Tigery était fermée à clef.

— Vous avez un double, Savournon?

Sans répondre, il tourna les talons et revint quelques secondes plus tard. La chambre était vide.

— Vous ne l'avez pas vu, ce soir?

— Je l'ai entendu sortir vers huit heures, huit heures et demie.

— Et depuis?

— Rien.

— Bon au travail, Savournon? On fouille cette pièce.

— Qu'est-ce qu'on cherche?

— Une arme à feu.

Nous avons tout retourné. Ce fut mon compagnon qui mit la main sur le pistolet encore muni de son silencieux. Un Tokarev 7,62 Tigery l'avait planqué sous une lame du parquet que Savournon avait senti bouger sous son pied. Je pris l'arme, la flairai.

— On s'en est servi il n'y a pas très longtemps. Maladroit de la part de Tigery de travailler avec une arme aussi caractéristique. Dites donc, mon vieux, il a pourtant fallu qu'il revienne, son coup fait, pour cacher son Tokarew? Comment ne l'avez-vous pas entendu?

— Pourtant, je vous affirme que je ne l'ai pas

entendu et ma femme a l'oreille encore plus fine que moi.

— Alors, de quelle façon s'est-il introduit dans la maison et en est-il ressorti?

— Ma foi... Oh! attendez...!

Il se dirigea vers le laboratoire où nous entrâmes ensemble. Du doigt, Savournon me montra la fenêtre dont l'espagnolette n'était pas fermée.

— D'accord, mon vieux, c'est par-là qu'il s'est glissé. Il a ouvert le coffre et est allé cacher son arme. Maintenant, il s'agit de le retrouver.

— Où?

— Si je le savais...

Nous nous sommes rendus dans le petit logement des Savournon. L'ardente Hilda m'accueillit en s'enquérant de ce qu'il se passait.

— Attention à ce que je vais vous confier, Hilda. Il s'agit d'un secret et grave, donc discrétion absolue.

— Vous pouvez avoir confiance.

— On a volé le dossier wagstram et on a tiré sur M. Laloubère.

— Mon Dieu! il est mort?

— Blessé seulement. Il est à l'hôpital pour quelques jours.

— On sait qui...?

— Tigery.

— Tigery! la canaille!

— Il n'a été que le bras, l'exécuteur... Je veux celui qui a commandé l'opération, Hilda, celui qui a tué Montreux, qui a essayé de me tuer.

— Vous vous doutez de qui c'est?

Ma voix s'enroua brusquement.

— Je fais plus que de m'en douter. Vous avez une arme?

— Une arme? Il n'y a que le revolver de Marcel, ici.

— Vous sauriez vous en servir, à l'occasion?

Elle se redressa.

— Vous oubliez que je vivais à Oran.

— Bon. Vous allez veiller à ce que personne n'entre. Si quelqu'un essaie de s'introduire, tirez!

— Même si c'est un de ces messieurs ou... ou Tigery?

— Même si c'est un de ces messieurs ou Tigery. Visez les jambes de préférence.

— Vous tracassez pas!

— Encore une chose : au cas où Mme Laloubère voudrait quitter la maison, vous l'en empêchez par n'importe quel moyen, compris?

— Compris. Si je l'entends descendre l'escalier, je l'obligerai à le regrimper et en vitesse.

— Parfait, j'emmène Savournon avec moi. Je vous le renvoie dès que possible.

Hugier habitait dans la rue Fabre-d'Eglantine qui ouvre sur la place Salinis. Savournon connaissait l'étage où habitait mon rival. D'abord, nous avons cru que l'appartement était désert, personne ne répondant à mes coups de sonnette de plus en plus appuyés. Nous étions sur le point de repartir lorsque j'attrapai le bruit de pas traînants. Enfin, la porte s'ouvrit devant un Hugier à l'œil lourd, le cheveu en désordre et qui, sans aucun doute, venait de se réveiller. La langue embarrassée, il grogna :

— Qu'est-ce que vous voulez?

— Vous parler.

C'est à cet instant qu'il me reconnut.

— Savières...! et vous, Savournon? Que diable!... vous.

— Je vous ai déjà précisé que je tenais à vous parler.

— A cette heure-ci!

— A cette heure-ci.

Sans attendre qu'il s'effaçât — ce qu'il ne semblait pas disposé à faire — j'appuyai ma main à plat sur sa poitrine et le repoussai doucement. Il prit, très mal la chose tout en reculant.

— Non, mais dites donc, Savières, chez qui vous croyez-vous?

— Je me ferai une joie de vous l'apprendre dans un instant.

Suivi de Savournon, je pénétrai dans un couloir. Hugier qui avait refermé derrière nous, nous guida vers ce qui devait être son salon-salle à manger.

— Et maintenant, m'expliquerez-vous?

— Où étiez-vous entre vingt et vingt-deux heures?

— En quoi cela vous regarde-t-il?

En réponse, je le giflai durement. Il chancela sous le coup, les yeux exorbités puis, empoigné par une colère folle, il se rua sur moi, mais Savournon l'arrêta au passage.

— Du calme, monsieur Hugier.

L'amant de Christine se dégagea d'une secousse et me jeta :

— Vous avez osé porter la main sur moi, espèce de voyou! sale flic qui n'ose même pas dire son nom!

Il ne vit pas arriver la seconde gifle qui le fit trébucher. Fou de rage, il attrapa une lampe de bureau avec l'intention évidente de me la fracasser sur le crâne. A nouveau, Savournon intervint pour lui arracher son arme improvisée et envoyer le furieux dans un fauteuil où il demeura, haletant.

— Où étiez-vous entre vingt et vingt-deux heures?

— Merde!

Cette fois, ce fut mon poing qu'il reçut en pleine figure. Il poussa un gémissement qui se termina en sanglot pendant qu'il étanchait le sang lui coulant du nez.

— Où étiez-vous entre vingt et vingt-deux heures?

— Sur la route.

— Quelle route?

— Celle de Toulouse. Je ne suis revenu il y a qu'une heure, à peine, fourbu. Vous m'avez réveillé.

— Pouvez le prouver?

— Oui. J'ai eu un ennui mécanique à l'Isle-

Jourdain et j'ai dîné pendant qu'on procédait à la réparation.

— En somme, vous teniez à être absent pendant que votre complice exécutait vos ordres ou plutôt ceux de votre maîtresse?

Il me regarda, regarda Savournon et demanda à ce dernier :

— Qu'est-ce qu'il raconte?

Savournon haussa les épaules pour signifier qu'il n'était que témoin et n'entendait pas prendre part au débat. Je renouai le dialogue.

— Voudriez-vous me donner à croire que vous ignorez ce qu'il est arrivé ce soir?

— Parce qu'il est arrivé quelque chose?

— Oh! presque rien : on a tiré sur Laloubère qui est à l'hôpital et on a volé le dossier wagstram.

Il bondit de son fauteuil.

— On a volé...

— Naturellement, vous n'étiez pas au courant?

— Mais comment aurais-je pu l'être puisque je vous répète que je suis arrivé il y a très peu de temps!

— Parce que Tigery l'a volé pour vous et pour Mme Laloubère après avoir pris la clef du coffre dans les poches du mari qu'il avait abattu.

— Voilà que ça vous reprend!

Je le poussai avec vigueur dans le fauteuil où il s'effondra.

— Vous avez bien cru me posséder, votre maîtresse et vous, hein? Je reconnais que c'était ignoble, mais parfaitement combiné.

— Vous êtes fou, mon pauvre Savières.

— Pas fou, aveugle. Seulement, ma cécité est guérie. Je confesse que vous avez failli m'avoir tous les deux. Dommage que vous vous soyez hâtés. Vous auriez exécuté votre opération demain ou après-demain, je risquais de marcher encore...

— Christine vous aime et vous osez...

— Taisez-vous ou je cogne! Votre maîtresse m'aime, hein? Elle passe l'après-midi à roucouler avec moi, après m'avoir dénoncé son mari, ce qui est assez écœurant, vous en conviendrez, et pendant ce temps, les recommandations faites, le plan établi, l'amant s'en va passer la journée à Toulouse à seule fin de se mettre à l'abri de tout soupçon. Où est Tigery?

— Tigery? en quoi pensez-vous que ce garçon m'intéresse?

— Quand je l'aurai attrapé, je lui ferai dire en quoi il vous intéresse.

Je sentais qu'au fur et à mesure que la scène se prolongeait, Hugier reprenait du poil de la bête. Je ne comprenais pas pour quelles raisons.

— Eh bien! Monsieur Savières, lorsque vous aurez retrouvé Tigery, appelez-moi. En attendant, je vous prie de vider les lieux! Mon appartement n'est pas un asile!

Brusquement, je réalisai que si Hugier prenait ce ton, c'était parce qu'il n'avait plus peur et il n'avait plus peur parce qu'il savait que je ne reverrais jamais Tigery.

— Vous l'avez tué lui aussi?

— Tigery? Décidément, c'est une idée fixe! Je n'ai jamais tué qui que ce soit et j'espère arriver jusqu'au terme de mon existence sans être mis dans cette fâcheuse obligation.

La colère me nouait les muscles. Je n'arrivais qu'à peine à parler.

— Vous avez tort de vous foutre de moi, Hugier... vraiment tort. Il faut que cette sinistre farce s'achève. J'ai été ridicule d'accord, grotesque même si vous le voulez et vous ne me mépriserez jamais autant que je me méprise d'avoir été si naïf.

Il secoua tristement la tête.

— Je vous plains, Savières.

— Et vous avez rasion pour autant qu'un imbécile mérite de la pitié.

— Je ne pense pas que vous soyez un imbécile, mais un aveugle, ça oui.

— Taisez-vous! Ne comprenez-vous pas qu'il faut vous taire, que vous n'avez pas intérêt à me pousser à bout?

— Comme vous voudrez... Jamais je n'ai vu un homme démolir son propre bonheur avec tant d'acharnement.

Je l'atteignis à la pointe du menton et il s'écroula, évanoui.

— On fiche le camp, Savournon.

Dehors, j'ordonnai à mon compagnon de rester sur place et d'empêcher, le cas échéant, Hugier de sortir et ce, jusqu'à sept heures. En somme, une mission identique à celle dont j'avais chargé sa femme à l'égard de Christine.

Intrigué par mon absence et sans doute inquiet, Daguin n'était pas encore couché quand je réintégrai l'hôtel. Je le regardai de telle manière que, sans piper mot, il me prit par le bras et m'entraîna dans le petit salon du fond.

— Maintenant, je t'écoute.

Plus que le point sur mon enquête touchant le dossier wagstram, ce fut le désespoir de mon amour mort que je lui confiai et je conclus :

— Ce que je te dis va te paraître idiot, André, mais je te jure que je crèverais avec plaisir.

— Et moi je t'annonce que si tu continues à débloquer je te flanque une raclée qui te fera tenir pour amusettes celles que nous nous sommes octroyées jadis!... Jacques, es-tu certain de ne pas te tromper?

— Hélas... J'ai été joué comme un gamin. Maintenant, je n'ai plus rien ni personne à ménager, alors je n'aurai pas de repos avant que je n'aie livré les criminels à mon chef.

— Qui en fera... quoi?

— Une question qu'il est préférable de ne pas se poser. André, je crois que Tigery a tué Montreux, m'a tiré dessus et sur Laloubère. Je sais pour le compte de qui il agit, mais il me faut son témoignage sans lequel je ne peux rien. Malheureusement, Tigery a disparu. Il doit se cacher dans quelque coin de la ville. De quelle façon l'en dénicher?

— Ma foi... la police?

— Tu n'ignores pas que moins je mêle la police à mes histoires et mieux cela vaut pour tout le monde.

— Alors, je ne vois qu'un type capable de fureter dans tous les coins, un type qui connaît Auch comme sa poche... Mathieu.

— Bon Dieu! Je n'avais pas pensé à celui-là! Tu connais sa retraite?

— A peu près.

— Tu veux m'y conduire?

— Maintenant?

— Maintenant. Comprends-moi, André, je n'ai pas une minute à perdre et j'ai assez accumulé de sottises. Il faut absolument que je mette la main sur Tigery avant que le dossier n'ait filé. Lui seul peut me fournir les coordonnées dont j'ai besoin.

Il n'avait pas l'air tellement enchanté mon Daguin, mais il fit semblant.

— Allons-y...

Nous avons emprunté la route de Condom et à moins d'un kilomètre de la ville, après quelques tâtonnements, nous avons fini par découvrir la masure abandonnée où gîtait notre clochard. Quand nous sommes entrés chez lui, en dépit des précautions prises, il avait allumé une bougie et assis sur son grabat, nous attendait ou plutôt attendait ses visiteurs nocturnes. Il ne marqua pas la plus légère surprise à notre vue.

— Soyez les bienvenus, messieurs et excusez-moi de ne pas me lever, je craindrais de me montrer à vous dans une tenue peu décente. Puis-je apprendre ce qu'on attend de moi?

J'exposai les événements, depuis la mort de Montreux jusqu'à l'attentat commis sur la personne de Laloubère, en passant par celui dont j'avais été la victime. Je dis pourquoi le criminel ne pouvait être que Tigery chez qui j'avais découvert, sans aucun doute, l'arme du crime. J'expliquai la nécessité d'attraper Tigery qui, à mes yeux, n'était qu'un agent d'exécution et je demandai à Mathieu de m'aider dans cette tâche.

— Bien volontiers, monsieur, mais ne serait-il pas plus simple de vous adresser à la police?

J'étais convaincu qu'il se moquait de moi, lui aussi et je m'en irritai.

— Comprenez que si j'agis de la sorte, j'ai mes raisons!

Il eut un sourire amusé.

— Non, monsieur, je ne comprends pas, mais cela n'a aucune importance et même je préfère ne pas comprendre, car Spinoza a dit : « Comprendre est le commencement d'approuver. »
— Si je repère votre homme, quelle devra être ma conduite?

— M'alerter à l'hôtel et si je ne suis pas là, prévenir M. Daguin.

— Entendu. Je me mets en chasse tout de suite.

— En pleine nuit?

— C'est la nuit qu'on découvre le plus facilement le gibier. Il dort, il ne se méfie pas. Dormir est un acte de confiance en les autres et, le plus souvent, une erreur.

2

En dépit de ma fatigue, je ne me reposai pas beaucoup cette nuit-là. La blessure était trop fraîche pour ne pas me faire encore très mal. Je pensais à ce que j'avais imaginé que nous entreprendrions, Christine et moi... Fallait-il que j'aie été aveugle pour n'avoir pu découvrir la fausseté d'une attitude, le mensonge d'un mot. Ce qu'elle avait dû rire de moi, avec Hugier ! A cette idée, la fureur me soulevait du lit où j'étais allongé, cependant, au bout du compte, le chagrin l'emportait sur la colère.

Je prenais mon petit déjeuner en bas, lorsque Jocelyne vint à ma table.

— Jacques... André m'a mise au courant. Je vous plains de tout mon cœur.

Rageur, je répliquai :

— Inutile de vous apitoyer sur mon sort, ma bonne amie. Quand on exerce le métier qui est le mien, on a pas le droit de se montrer aussi bête !

— Les gens sincères apparaissent un peu bêtes aux yeux des autres, vous ne croyez pas?

— Peut-être.

— Vous ne devez pas vous laisser abattre Jacques, et ne jugez pas toutes les femmes à travers une seule. Ce serait injuste et pas très intelligent. Quoi qu'il en soit, André et moi ne vous laisserons pas tomber. Vous savez que vous pouvez compter sur nous n'est-ce pas?

— Je le sais et je vous en remercie.

La femme de mon ami repartit vers ses occupations matinales et, avec une appréhension qui tournait presque à la panique intérieure je me décidai à la visite qu'il m'incombait de rendre à Mme Laloubère. La plus dure de toutes les épreuves que j'avais subies depuis que j'étais entré au S. D. E. C. E. Aurais-je la force, le courage de ne pas flancher? Je n'en étais pas certain. Pour tenter de me remettre les idées en place et essayer de me forger un moral, je m'offris une petite promenade à travers la vieille ville.

Je remontais vers le laboratoire, lorsque — place du Puits-de-Mothe —, je me heurtai presque à Amparo Gomez. Elle tenait une bouteille de lait à la main, une baguette de pain sous le bras et regardait les titres d'un journal. Elle sursauta quand je lui demandai :

— On en parle?

— Jacques! ce n'est pas vrai qu'on ait...

— Vous n'imaginez quand même pas qu'un reporter en mal de sensationnel aurait inventé la nouvelle?

— Mais, pourquoi Laloubère?

— Parce qu'il avait mis un point final au dossier wagstram.

— Non?

— Si!

— Et il ne nous l'a pas appris!

— Je lui avais demandé de n'en rien faire. Malheureusement, je suis arrivé trop tard, il avait déjà mis sa femme au courant.

— Ecoutez, Jacques, si vous n'êtes pas trop pressé, montez un instant. Il faut que nous discutions de tout cela.

Lâchement, j'acceptai un interlude qui retardait mon entrevue avec Christine. Tandis que je montais l'escalier derrière elle, Amparo me dit :

— Vous essaierez de ne pas y prêter attention, mais je n'ai pas eu le temps de remettre de l'ordre.

— Si vous deviniez à quel point ça m'est égal!

Avant d'entrer dans les commentaires, nous avons bu une tasse de café. Je refis l'exposé de mon point de vue et mon intention de récupérer au plus vite Tigery afin de l'amener aux aveux par n'importe quel moyen. Quand j'eus terminé, Amparo qui m'avait écouté, le visage soucieux, remarqua :

— Il y a quelque chose qui ne colle pas.

— Quoi donc?

— Réfléchissez, s'il vous plaît. Montreux a été tué sans qu'il ait eu l'ombre d'une chance puisqu'on l'a abattu à bout portant, manœuvre nécessaire pour donner l'impression d'un suicide. On vous a tiré dessus, dans la nuit, avec une précision qui signifiait bien qu'on en voulait à votre vie?

— Sans aucun doute.

— Alors, expliquez-moi comment ce même tueur, attaquant Laloubère avec un pistolet ne l'atteint qu'aux jambes et préfère l'assommer plutôt que de l'achever?

— Si je vous comprends, Amparo, vous insinuez qu'on a fait exprès de ne toucher Laloubère qu'aux jambes?

— N'est-ce pas votre avis?

— Ma foi... Attendez... Pourquoi a-t-on agi de la sorte? Maladresse ou... habileté?

— Ou tout simplement parce que, pour si endurci qu'on soit, on éprouvait un peu d'hésitation à supprimer son époux?

— Vous croyez donc que...

— Et vous?

Je me levai.

— Votre silence est une réponse, Jacques.

— Bien sûr.

Elle se blottit contre moi et chuchota :

— Vous l'avez vue?

— Pas encore. J'irai en vous quittant.

— Ce sera dur.

— Très.

Alors qu'on ne parlait que de crimes, que de morts, cela me réconfortait de la sentir si vivante entre mes bras. Je lui pris les lèvres non pas que j'en eusse envie, mais pour me donner du courage. Elle dit :

— Quoi qu'il arrive. Jacques, je serai là.

On semblait m'aimer beaucoup ces temps-ci.

Nous nous regardions sans parler. La pâleur de Christine, sa raideur aussi m'impressionnaient. D'un commun accord, nous prolongions ce silence insolite, peut-être parce que nous savions tous deux que sitôt les premiers mots prononcés, plus rien n'arrêterait la suite des événements. Pour quelques secondes encore le souvenir de Luppé-Violles nous réunissait. Il ne devait la vie qu'à nos bouches closes. Mais quoi? on ne pouvait rester indéfiniment ainsi. Je murmurai :

— Vous avez peur?

— Oui.

— Plus de Laloubère, je pense?

— Non, de ce que vous vous apprêtez à dire.

— Parce que vous savez ce que je vais dire?

— Hugier m'a téléphoné pour m'apprendre l'affreuse manière dont vous l'avez traité.

— Il a eu de la chance que je ne l'aie pas tué.

— Jacques...

— Ah! non!

Elle se replia sur elle-même comme si je l'avais frappée. Je jugulai mon emportement et prononçai presque avec douceur :

— Le rideau est tombé, Christine, la pièce est finie. Vous pouvez jeter le masque.

— C'est notre amour qui est fini, n'est-ce pas?

— Je vous en prie! Vous avez cru que vous m'aviez embobiné?

Des larmes coulaient sur ses joues, de grosses larmes espacées dont je pouvais suivre la trace le long du nez, aux commissures des lèvres. Quelle merveilleuse comédienne...

— Pauvre Jacques...

— Finissez donc de jouer la comédie!

— Est-il vraiment possible qu'on puisse se tromper à ce point-là?

— Mazoires avait raison en m'affirmant que pas un membre de l'équipe Laloubère n'avait assez de classe pour mener toute cette histoire.

— Tandis que moi...

— Tandis que vous, vous possédez l'énergie nécessaire et plus encore, une ruse qui est votre arme essentielle. Tous, vous nous avez possédés et vous pouvez en être fière! pour une réussite, c'est une réussite! Vos rapports avec Hugier prenaient aux yeux des autres je ne sais quelle vague teinte romantique... Comment se seraient-ils doutés que vos amours exigeaient le crime? Christine, parce que je suis un homme avec toutes les faiblesses que cela comporte, je crois que je vous en veux moins d'avoir ordonné l'exécution de Montreux ou volé le dossier wagstram que d'être venue me dénoncer votre malheureux mari ou de m'avoir laissé me persuader que je pourrais recommencer ma vie avec vous. J'eusse de beaucoup, préféré que Tigery me touchât mortellement sur les allées d'Etigny, je ne vivrais pas les heures douloureuses que je suis en train de vivre à cause de vous...

— Jacques...

— Non, je ne veux plus vous écouter... Vous seriez encore capable de me convaincre... Je sais, maintenant. Vous entendez? Je sais!

Elle cessa subitement de pleurer et avec une sorte de hauteur méprisante :

— Que savez-vous donc qui vous autorise à m'injurier et à vous acharner contre notre amour?

Elle avait l'air sincère et le plus incroyable était que je me sentais disposé à admettre cette sincérité!

— Ce que je sais? Tout simplement que vous êtes une ambitieuse, une insatisfaite. Vous haïssez votre mari parce qu'il vous oblige à vivre de façon banale dans une petite ville provinciale, parce qu'il ne peut vous donner l'argent dont vous avez envie. Hugier, j'en suis sûr, n'a été pour vous que l'instrument de votre libération. Si vous êtes devenue sa maîtresse, c'est parce qu'il y a des corvées auxquelles on ne saurait échapper pour si maligne qu'on soit. Laloubère vous aimait assez pour supporter une disgrâce devenue un peu la fable du laboratoire et il gardait assez de confiance en vous pour vous tenir au courant de la poursuite de ses travaux. A Paris, vous n'êtes pas allée acheter des robes, vous avez contacté l'acheteur éventuel du dossier wagstram. Quand, stupidement, je vous ai avoué que vous me plaisiez beaucoup, la crainte que ma présence avait commencé de vous inspirer, s'est évanouie. Vous sentiez que vous me séduiriez comme vous aviez séduit Hugier. Malheureusement pour vous, Montreux avait percé votre jeu et vous l'avez fait tuer par Tigery qui est amoureux de vous et non de Mlle Gomez, ainsi qu'on le prétend. Vous ignoriez que votre victime appartenait à nos services et quand vous l'avez appris, vous avez deviné qu'une dure partie s'engageait. Vous avez tenté de m'éliminer et votre coup ayant échoué, vous êtes revenue à votre meilleure arme, la ruse. Parce que je vous aimais, sans en prendre conscience, je vous facilitais le chemin. Vous jouiiez sur ma jalousie en me parlant d'Hugier tout en vous défendant d'être sa maîtresse. Votre plus belle réussite a été le moment où vous avez accusé votre mari. J'ai marché. J'ai éprouvé, toutefois, un doute devant l'absence de réaction de Laloubère. Il me semblait qu'à sa place, j'aurais explosé et serais allé vous trouver pour vous contraindre — fût-ce par la force — à confesser vos mensonges en ma présence. Mais votre mari vous aimait, Christine, c'est ce que j'avais oublié. Il n'acceptait pas l'hypothèse de votre trahison, de même que moi et pour une raison identique. Quand je vous ai rejointe à Luppé-Violles, il a suffi que vous me souriiez pour que je me range de votre côté. La malchance pour vous, a été que Laloubère m'ait mis au courant des confidences qu'il vous avait faites au sujet de l'achèvement de ses travaux, en me spécifiant que vous étiez la seule personne à qui il en avait parlé. Vous n'ignoriez pas qu'il gardait une des deux clefs du coffre sur lui et qu'il me remettrait l'autre. Alors, pendant que je roucoulais bêtement, Tigery exécutait sa sale besogne. Mais là, vous avez eu une faiblesse. Laloubère est votre époux. Vous avez manqué de courage et recommandé à Tigery de le blesser seulement, de manière à lui voler sa clef et à s'emparer du dossier wagstram. Si je n'étais intervenu, j'imagine que vous vous seriez montrée l'épouse attentive qui soigne son compagnon en attendant l'instant de filer avec Hugier et le dossier. La seule chose que je ne comprenne pas, c'est le sort que vous réserviez à Tigery, car enfin vous ne pouviez vous encombrer d'un pareil individu?

J'avais l'impression qu'elle ne m'écoutait plus. Le visage enfoui dans ses mains, elle feignait un désespoir sans limites et qui m'exaspérait.

— Christine, où avez-vous caché le dossier wagstram?

Elle leva vers moi sa figure boursouflée par les larmes.

— Nulle part, parce que je ne l'ai pas, que je ne l'ai jamais eu. Ce que vous avez raconté, Jacques, relève de la plus absurde fantaisie. Au fond, ce ne sont pas vos délirantes accusations qui me bouleversent, mais de constater à quel point les choses peuvent changer en si peu de temps. J'ai peine à croire que l'homme qui me couvre d'injures soit le même qui, hier, me disait sa tendresse... Moi, j'étais sincère, Jacques et c'est pourquoi, ce que vous pouvez entreprendre me devient indifférent en regard de cette grande espérance déçue.

— Ne recommencez pas!

Elle secoua la tête.

— Plus rien ne pourra jamais recommencer, mon pauvre Jacques. Peut-être n'êtes-vous pas capable de connaître le simple bonheur des autres? moi non plus, d'ailleurs. Qu'allez-vous décider maintenant?

— Contrairement à ce dont beaucoup sont persuadés, je ne suis pas un policier, c'est-à-dire que je n'ai pas à défendre la justice. Mon travail est essentiellement d'empêcher la fuite du dossier wagstram. Alors, rendez-le-moi ou confiez-moi où il est et je vous donne une chance.

— Une chance?

— De vous sauver.

— Je n'ai pas envie de me sauver. Je suis innocente et partir serait, à vos yeux, me reconnaître coupable. Au surplus, vous ne pouvez me laisser m'enfuir puisque je suis dans l'impossibilité de vous remettre ce dossier que je n'ai pas.

— Ne me poussez pas à bout, Christine!

Elle haussa les épaules.

— Quelle importance, désormais? Le mieux qui puisse m'arriver est de reprendre ma morne existence aux côtés d'Henri, alors...

— Je devrais vous embarquer pour Paris où l'on saurait vous persuader d'avouer.

— Pourquoi ne le faites-vous pas?

— Cela ne vous regarde pas! Pour l'instant, je vous défends de quitter votre appartement sous quelque prétexte que ce soit.

Je ne savais plus à quel saint me vouer. J'étais

convaincu qu'elle m'avait menti une fois encore et pourtant, alors que je me dirigeais vers l'Hôtel de France, je ne pouvais m'empêcher d'essayer de découvrir un accent de sincérité dans ses affirmations. Mais la logique s'inscrivait en faux contre cette petite espérance. Aucun indice n'indiquait qu'un autre coupable ait voulu compromettre Christine puisque après tout, je n'avais pas la moindre preuve matérielle de sa culpabilité ou de celle d'Hugier. Le seul que je tenais — à condition de le retrouver — c'était Tigery. En vérité, je réalisais que je n'étais plus digne de ma tâche. Maintenant que je devais renoncer à mon amour, la simple loyauté m'imposait de mettre M. Duval au courant de mes déboires. Peu m'importe ce qu'il en résulterait. J'étais prêt à abandonner la place et laisser à un collègue le soin de traiter Mme Laloubère comme il convenait et de s'attribuer la gloire de récupérer le dossier wagstram. Christine disparue de ma vie, je ne nourrissais plus d'ambition personnelle.

A la réception, où il établissait des notes de clients, Daguin me chuchota, après m'avoir examiné :

— Ça ne va pas mieux, à ce que je crois comprendre?

— Tout est foutu et moi par-dessus le marché.

— Ne te laisse pas abattre, Jacques. C'est un coup dur, je le reconnais, mais tu es un homme ou quoi?

— Je ne sais plus bien ce que je suis, André.

— Ça me démolit le moral de te voir dans cet état. Tu y tenais vraiment à ce point-là?

— Oui... Elle était la promesse d'une existence nouvelle. Elle avait accepté un projet d'installation ici... Il est vrai que pour ce que ça lui coûtait, elle pouvait bien accepter n'importe quoi...

— Et... tu es absolument certain que...

— Certain.

— J'enrage de ne pouvoir t'aider à surmonter ce passage difficile.

— Ne te tracasse pas. Tu es près de moi et c'est déjà beaucoup.

— Je veux essayer de le croire. A propos, Mathieu désire te parler. Il a peut-être déniché ton bonhomme?

Bientôt Loisin me rejoignit dans le salon du fond et sans me laisser le temps de lui poser une question, me lança :

— J'ai retrouvé Tigery.

— Où se cache-t-il?

— Si vous le désirez, je vous y conduis.

En suivant le bord du Gers, nous sommes sortis d'Auch. Nous roulions assez doucement. Je me méfiais de moi et de mes réflexes. Je devinais que Mathieu m'examinait du coin de l'œil. Je ricanai :

— Si vous tenez à savoir ce qu'est un type complètement démoli, mon vieux, vous n'avez qu'à me regarder.

— Vous ne semblez pas, en effet, en très bonne forme.

— Non, sûrement pas... Ah! Mathieu ce que je vous envie de vous être détaché de toutes ces histoires qui nous fichent à plat.

— Je pense que c'est une allusion à l'amour?

— Oui. Ridicule, non?

— Celui qui souffre n'est jamais ridicule.

— Merci.

— Les Anglais prétendent : « Un cœur rempli de chagrin est aussi difficile à porter qu'une coupe pleine. »

— Je n'aime guère les Anglais mais je dois reconnaître qu'en l'occurrence, ils ont raison.

Nous nous tûmes et roulâmes pendant encore un kilomètre avant que mon compagnon n'annonce :

— Nous y voilà.

J'arrêtai l'auto et regardai autour de moi, surpris de ne pas voir le moindre toit, le plus petit mur.

— Où est-il?

— Si vous voulez me suivre?

Nous avons quitté la route et nous sommes mis à descendre vers la rivière en direction d'une végétation rabougrie et touffue. J'attrapai Mathieu par le bras :

— Ne croyez-vous pas qu'il faudrait prendre certaines précautions?

— Inutile.

— Parce qu'il est...

— Tout ce qu'il y a de plus mort, oui.

Tigery était allongé sur le ventre. Les mouches bourdonnaient autour du sang qui s'étalait sur le dos et sur l'herbe, près du corps. Il avait été tué d'un coup de couteau sous l'omoplate gauche. Le meurtrier était quelqu'un qui connaissait son affaire. Je retournai le cadavre. Le visage bestial n'était pas ennobli par la mort.

— Je me demande pourquoi il a suivi son assassin jusqu'ici?

— Il avait confiance en lui. Qu'est-ce qu'on fait?

— Rien. On laisse à d'autres le soin de le découvrir. Ça vous choque?

Loisin sourit.

— Plus rien ne peut me choquer. Pour tout vous avouer je commence à m'intéresser à l'affaire.

— Un conseil, Mathieu : ne le laissez pas trop voir si vous ne tenez pas à connaître le sort de Tigery.

— Soyez tranquille, je sais me méfier et, le cas échéant, me défendre.

La disparition brutale de Tigery n'arrangeait en rien mon enquête. Sans doute était-il facile de comprendre que l'homme de main devenant une charge, on l'avait éliminé. Mais qui était ce « on »?

Je ne songeai pas à renvoyer Mathieu et il m'emboîta le pas lorsque je gagnai l'hôpital. Toutefois, devinant que sa tenue et son allure risquaient de poser des problèmes, il s'arrêta devant la grille et promit de m'attendre au cas où j'aurais besoin de lui. Il prenait vraiment goût à la chose.

L'interne me montra la balle extraite de la cuisse de Laloubère. Il s'agissait bien d'un projectile tiré par une arme de calibre 7,62. Il me semblait inutile d'avoir recours à des experts. Je savais qu'il s'agissait du Tokarev de Tigery et l'élimination de ce dernier en était une preuve suffisante.

Allongé dans son lit, Laloubère offrait une mine détendue. Sa physionomie changea sitôt qu'il me vit. Je lui rappelais de mauvais souvenirs qu'il s'efforçait d'oublier.

— Vous avez retrouvé le dossier?

— Non.

— Ah... Tout ce travail perdu... Toutes ces années gâchées et mon pauvre Montreux, mort pour rien...

— Ne vous laissez pas abattre, Laloubère... Nous ne sommes pas encore vaincus... Si je n'ai pas réussi à mettre la main sur le dossier, j'ai récupéré votre agresseur.

— Qui est-ce?

— Tigery.

Il ouvrit des yeux comme des soucoupes.

— Tigery qui m'était si dévoué? Vous êtes certain de ne pas commettre une erreur?

— Certain.

Je jetai la balle qui l'avait blessé sur son lit.

— Elle provient du pistolet de Tigery. Il était caché dans sa chambre.

Laloubère prit la balle, la regarda, la tourna, la retourna, et murmura :

— Je n'arrive pas à le croire... Tigery!

Il se reprit pour déclarer presque en criant :

— Amenez-le-moi, Savières, je veux avoir un entretien avec lui!

— Je crains, dans ce cas, qu'il ne vous faille attendre longtemps.

— Pour quelles raisons?

— Parce que Tigery est mort.

J'eus l'impression que le sang se retirait de son visage.

— Mort!

— Son complice ou son patron l'a tué. Il était un témoin gênant, n'est-ce pas...

Laloubère paraissait commotionné. Un moment, je m'inquiétai et fus sur le point d'appeler au secours, mais d'un geste de la main, il suspendit ma retraite et dit d'une voix hâchée d'asthmatique :

— Non... Ce n'est rien... l'émotion... la surprise... Comment a-t-elle pu faire une chose pareille?

Une question que nous nous poserions bien des fois encore, l'un et l'autre.

Toujours flanqué de mon clochard philosophe, je regagnai l'hôtel. Au moment même où j'en franchissais le seuil, le téléphone sonna et, tout de suite, Jocelyne Daguin m'annonça :

— Pour vous, Jacques.

Dès que j'eus porté l'écouteur à l'oreille, je me sentis perdre pied. Christine...

— Jacques, j'ai tout découvert...

Je ne voulais pas faiblir.

— Découvert quoi? le dossier wagstram?

— Non, mais je crois savoir qui l'a en sa possession... Oh! mon Dieu! Non! non! Jacques! au secours! au...

— Christine! Christine!

J'abandonnai le téléphone et fonçai vers la place des Carmélites. J'entendais Mathieu galoper derrière moi. Je ne me posai pas la question de savoir s'il s'agissait ou non d'un piège. Il suffisait que Christine m'appelât au secours...

Il était presque une heure. Fidèle à ses consignes, Savournon avait fermé la porte d'entrée. Je m'y ruai à coups de poing. Nous perdîmes quelques secondes. Lorsqu'il ouvrit, j'écartai Savournon et me jetai dans l'escalier.

La porte de l'appartement des Laloubère était entrebâillée. Je la poussai. On n'entendait aucun bruit. Mathieu regarda dans une pièce, moi dans l'autre et je m'arrêtai pile sur le seuil de la chambre de Laloubère. La vue de Christine étendue par terre me paralysait. Mathieu me bouscula, releva la tête de celle que j'aimais en dépit de tout. Je le rejoignis en chancelant. Le manche d'un poignard semblait planté sous son sein gauche. A mon tour, je m'agenouillai et sans me soucier de la présence de Loisin, je me mis à pleurer comme un gosse. Christine ouvrit les paupières, me fixa, ébaucha un sourire et en même temps que des bulles roses éclataient sur ses lèvres, elle chuchota :

— Jacques... mon Ja...

Mathieu me tapa doucement sur l'épaule.

— C'est fini.

Il m'aida à me relever, me soutint. Je dis :

— Elle n'était pas coupable...

— Non.

— Elle m'aimait.

— Sûrement.

A ce moment, l'écho d'une galopade dans l'escalier me rendit mon sang-froid. Maintenant, je n'étais plus qu'un bloc de haine. Je voulais tuer le meurtrier de Christine de mes propres mains. Hugier et Savournon firent irruption dans l'appartement. Je m'adressai au premier :

— Qu'est-ce que vous voulez?

— J'étais au café, je vous ai vu passer en courant avec Mathieu... Le temps de régler ce que je devais... Je suis venu voir si vous n'étiez pas en train de torturer encore Christine.

— Plus personne ne peut, désormais, la torturer.

Il m'observa un instant, prit conscience de mes yeux rouges, de mes joues humides. Il balbutia :

— Chris... Chris...tine.

Je m'effaçai pour qu'il pût pénétrer dans la chambre. Il poussa une exclamation. Le choc de ses genoux touchant le sol résonna en moi. Je retournai près de Christine. Hugier la tenait dans ses bras et c'eût été un spectacle attendrissant s'il n'y avait eu ce manche de poignard...

— Hugier, on ne doit pas toucher au cadavre avant l'arrivée de la police.

Il leva vers moi son visage défait.

— Je l'aimais plus que vous ne l'aimiez tous... Elle était ma raison de vivre... J'aurais donné, sacrifié n'importe quoi pour qu'elle répondît à ma tendresse... Mais, c'était vous qu'elle aimait, Savières. Et vous avez refusé cet amour!

— Taisez-vous...

Il se redressa lentement.

— A présent, vous la croirez peut-être?

A quoi bon répondre? Je savais que jusqu'à la fin de mes jours, je me souviendrais de Christine et du grand bonheur manqué par ma faute.

— Savournon, appelez la police.

Lorsque le concierge se fut exécuté, je lui demandai :

— Vous n'avez vu personne monter chez les Laloubère?

— Personne, sauf Mme Mazoires.

— Pourquoi l'avez-vous laisser entrer?

— Parce que je pensais qu'elle...

— Imbécile! Il y a longtemps?

— Ma foi... Peu de temps avant votre arrivée.

— Vous êtes sûr que c'était elle?

— Et comment! Il n'y a qu'elle pour s'habiller comme une fille de l'Armée du Salut.

Berthe Mazoires... Je n'en revenais pas. Cette petite bonne femme apparemment confite en dévotions! et lui qui semblait n'avoir qu'une idée fixe : cultiver son corps! Ce qu'ils avaient pu me tromper, tous les deux... Le coup d'œil de Berthe à son mari, surpris à table, me revint en mémoire. Je l'avais mis au compte de l'indignation, en face de l'égoïsme cynique de son mari et ce n'était sans doute qu'un signe pour l'avertir d'avoir à mesurer ses paroles.

Avec Mazoires, trouvé à son domicile, nous avions dû nous battre. Il prétendait nous flanquer à la porte. Heureusement que Mathieu se révéla d'assez bonne force, sans cela je ne serais jamais venu à bout de cet athlète en proie à une fureur démentielle. Pour en finir, j'avais dû l'assommer avec la crosse de mon pistolet. Nous fouillâmes hâtivement les commodes et les placards, le bureau et les armoires. Je ne m'illusionnais pas. L'absence de Berthe que son mari m'avait dit être en train d'effectuer la tournée des pauvres auxquels elle s'intéressait, me convainquit qu'après le meurtre de Christine, elle avait pris la fuite avec le dossier wagstram. Son époux n'était resté que pour sauver la face... A moins... A moins qu'il n'ait pas été au courant? Tout était possible.

Le commissaire alerté chez Laloubère, nous rejoignit dans l'appartement de Mazoires. Il marqua sa surprise et sa désapprobation en constatant la présence de Mathieu.

— Qu'est-ce qu'il fiche ici, celui-là?

— J'en ai fait mon adjoint temporaire.

— Drôle d'idée!

— Nécessaire, monsieur le commissaire dans une drôle d'histoire.

— ... que je ne peux plus taire à la presse.

— D'accord, allez-y, mais maintenant, vous ignorez le vrai motif de cette corrida, n'est-ce pas?

— Bien sûr.

Je lui montrai Mazoires évanoui dans son fauteuil.

— Vous l'embarquez et vous me le tenez au frais jusqu'à ce que je vienne vous le reprendre.

— Il va gueuler!

— Si ça l'amuse...

En fouillant, j'avais découvert une photo de Berthe, sur la place Salinis, vêtue de son costume si particulier et coiffée de son chapeau du genre girl-scout. Toujours avec mon clochard dont j'avais besoin pour ne pas rester seul parce que si je restais seul, je savais que je ne pourrais plus penser à rien d'autre qu'à Christine, je tins un conseil restreint.

— Il faut trouver Berthe, Mathieu.

— Cela me paraît, en effet, indispensable.

— Par où commence-t-on?

— La gare me semble tout indiquée.

Un employé de la S. N. C. F. reconnut la photo que je lui présentai.

— Oui, oui! Vous parlez si je risque de l'oublier! Y en a plus beaucoup pour se balader dans cette tenue, hein?

— Quand l'avez-vous vue?

— Tout à l'heure, lorsqu'elle est montée dans le train de 15 h 26 pour Toulouse.

Nous avons foncé et nous sommes arrivés à Toulouse-Matabiau quelques minutes avant le train où Berthe Mazoires, ayant jeté le masque, s'enfuyait avec le dossier wagstram. Je la vis, de loin, donner son billet à l'employé. Je ne tenais pas à l'arrêter sur-le-champ. J'espérais qu'elle contacterait quelqu'un et qu'ainsi nous pourrions avoir le réseau en entier, si réseau il y avait. Elle marchait vite, sans hâte excessive cependant. Parvenue à l'extérieur, elle fit la queue pour avoir un taxi et j'eus le temps d'alerter Mathieu demeuré au volant de ma voiture.

Nous roulions depuis une dizaine de minutes lorsque nous sûmes, sans erreur possible, où se rendait Berthe : l'aérodrome. Derrière elle, nous arrivâmes à Blagnac. Pendant que j'allais prévenir le commissaire du lieu, je laissai à Mathieu le soin de ne pas perdre la trace de notre gibier. Mes collègues se montrèrent très compréhensifs et sur la vue de ma carte ne perdirent pas leur temps à me poser des questions. Une fois encore, l'aspect de Loisin suscita une légère émotion quand je le récupérai. Je ne sais plus quelle explication saugrenue je fournis aux policiers, mais ils l'acceptèrent de bonne grâce et tous ensemble, nous nous apprêtâmes à mettre un terme aux exploits de Berthe Mazoires.

Immobile sur un banc du hall d'attente, Berthe faisait penser à une de ces héroïnes des romanciers de la fin du XIXe siècle, fuyant le domicile conjugal et l'autorité d'un mari incompréhensif. Parfois des voyageurs se retournaient pour la regarder et souriaient, attendris. S'ils avaient pu se douter... Lorsqu'on annonça l'envol prochain de l'avion de Paris, Berthe se leva, tira sur sa jupe et se dirigea vers la porte d'accès à la piste. Pendant ce temps, deux policiers, ayant revêtu des combinaisons bleues, bavardaient avec l'hôtesse de l'air au pied de l'avion en instance de départ pour la capitale. Berthe se glissa dans la troupe que l'on conduisait vers l'appareil. Au moment où elle présentait son billet, je lui mis la main sur l'épaule en disant :

— Alors, madame Mazoires, vous nous quittez?

Elle se retourna. Je faillis la laisser me bousculer et prendre la fuite, tant j'étais paralysé par ce coup de théâtre. Ce n'était pas Berthe Mazoires qui me regardait, haineuse, mais Amparo Gomez!

En attendant l'avion du soir pour Paris, j'avais téléphoné au commissaire d'Auch pour le prier de relâcher Mazoires avec mes excuses. Je lui annonçai la capture de Mlle Gomez ainsi que la récupération du dossier wagstram et le priai de faire garder Laloubère.

Au début de l'interrogatoire, Amparo s'était cantonnée dans un silence farouche et puis, son orgueil naturel avait repris le dessus. Elle reconnut avoir tout manigancé avec Tigery qui, effectivement, était amoureux d'elle et lui obéissait. Il avait tué Montreux, tenté de m'abattre et tiré sur Laloubère avant de l'assommer.

— Amparo, comment est-il possible que Tigery se soit montré si maladroit avec Laloubère?

Elle ricana :

— Le grand agent des Services Secrets n'a donc pas compris? Laloubère était mon amant et nous devions partir ensemble.

Ainsi, Christine avait raison lorsqu'elle dénonçait son mari...

— Vous... vous l'aimiez?

Elle se mit à rire avec insolence.

— Aimer? Les gens comme moi ont mieux à faire dans la vie que de perdre leur temps à ces bêtises. Mais Laloubère me tenait. Il avait découvert et pris dans mon armoire — un jour qu'il me rendait visite — un papier concernant ma véritable identité et mon appartenance à un parti révolutionnaire. Je suis devenue sa maîtresse pour me protéger. Puis, j'ai réussi à le convaincre de partager mes projets. Il était fou de moi, cet imbécile! Christine est morte parce qu'il me fallait détruire ce papier, et le hasard seul m'a amenée chez elle au moment où elle vous téléphonait. Elle tenait le document à la main lorsque je l'ai frappée.

— Comme vous aviez poignardé Tigery?

— Il devenait encombrant.

Son cynisme me stupéfiait.

— Amparo... Le soir où je suis allé chez vous c'est en ouvrant la fenêtre que vous avez signalé mon proche départ à Tigery?

— Vous ne pensiez tout de même pas m'avoir séduite? Je vous devinais capable de découvrir le pot aux roses et c'est pourquoi j'avais chargé Tigery de vous éliminer. Ce n'est pas de ma faute s'il s'est conduit stupidement.

— Vous avez bien de la chance de m'avoir berné si longtemps.

— Parce que?

— Parce que si je vous avais découverte plus tôt, je vous aurais tuée de mes propres mains. mains.

Elle me regarda longuement avant de me confier avec mépris :

— Je ne vous crois pas. Vous êtes un de ces sentimentaux crédules qui me dégoûtent plus que n'importe quoi.

Enchaînés l'un à l'autre et la serviette attachée à mon poignet gauche, nous avons gagné l'appareil qui nous emmènerait à Paris où mes collègues, prévenus, m'attendraient. Après avoir pris congé des policiers, je m'adressai à Loisin :

— Mathieu, merci... Je voudrais pouvoir vous aider, vous persuader de revenir parmi nous...

— On se reverra peut-être un jour.

Mathieu n'aura pas été le moins étrange de tous ceux que j'avais rencontrés. J'allais pénétrer dans l'avion, lorsque Loisin me héla :

— Savières!

Je me retournai.

— Oui?

— Embrassez Mlle Antoinette pour moi!

— Quoi? vous... mais de la part de qui?

— De son frère.

L'hôtesse me poussa légèrement pour me signifier qu'il était temps d'occuper nos places au fond de l'appareil. Par le hublot, je regardai s'éloigner ce clochard qui, lui aussi, m'avait dupé. Je comprenais, maintenant, le silence de M. Duval. Il devait être tenu au courant, jour par jour, du déroulement des opérations et Mathieu, mon collègue, me protégeait. Il faut croire que M. Duval soupçonnait depuis longtemps qu'il se passait quelque chose de louche au laboratoire Laloubère pour qu'il ait envoyé si tôt Mathieu à Auch... Tout le monde s'était moqué de moi dans cette aventure, sauf Christine et c'était la seule en qui je n'avais pas eu confiance.

L'avion prit de la hauteur, tourna au-dessus de l'aérodrome et je me dis que là-bas, au-delà de la ligne d'horizon, Christine reposerait bientôt au cimetière que bordent les rues de l'Egalité et du Repos. Sans doute Mathieu allait-il révéler sa véritable identité et Laloubère serait le premier au courant. Il finirait sa vie entre quatre murs. A moins que Mathieu ne s'arrange pour lui faire payer la mort de Christine.

L'avion fonçait à plein régime en direction de Paris. A nouveau, je regardai par le hublot pour contempler une dernière fois ce pays où j'avais laissé ma jeunesse et mon amour. J'écrirai aux Daguin pour les remercier et leur dire adieu. Je savais que je ne reviendrais plus.

Les Reines du Crime

Nouvelles venues ou spécialistes incontestées, les grandes dames du roman policier dans leurs meilleures œuvres.

déjà parus :

1806	SON ÂME AU DIABLE	RUTH RENDELL
1815	MORTS CROISÉES	RUTH RENDELL
1816	GREENFIELD CONNAÎT LA MUSIQUE	LUCILLE KALLEN
723	SON DERNIER RÔLE	MARGARET MILLAR
1820	ELLE NOUS EMPOISONNE	JOANNA CANNAN
1824	LA DERNIÈRE MARCHE	PATRICIA MOYES
1825	OURAGAN	MIGNON EBERHARDT
1830	LA FEMME DE CÉSAR	NANCY RUTLEDGE
1831	ON A TUÉ MON AMANT	MANNING LONG
1834	UNE FILLE DANS UN CAVEAU	RUTH RENDELL
1835	MAMAN DÉTESTE LA POLICE	CRAIG RICE
1836	QUAND LA SOURIS N'EST PAS LÀ	LUCILLE KALLEN
1841	EN SCÈNE POUR LA MORT	HELEN McCLOY
1844	L'AI-JE BIEN DESCENDUE ?	MANNING LONG
1845	LA FEMME DE SA MORT	MARGARET MILLAR

septembre 86 :

1851	ET TOUT ÇA EN FAMILLE...	RUTH RENDELL
1852	FEU LE MARI DE MADAME	DOROTHY SIMPSON

octobre 86 :

1855	LA VÉRITÉ QUI TUE	HELEN McCLOY
1856	QUI A PEUR DE SIMON WARWICK ?	PATRICIA MOYES
1857	FINCH SE JETTE À L'EAU	JUNE THOMSON

novembre 86 :

1861	MEURTRE AU MONT FUJI	SHIZUKO NATSUKI
1862	JUSTUS, MALONE & Co	CRAIG RICE

décembre 86 :

1865	LA MORT EN SIX LETTRES	PATRICIA MOYES
1866	LES CORBEAUX ENTRE EUX	RUTH RENDELL

LE MASQUE

BABSON Marian
1712 Chapeau, miss Orpington !

BACHELLERIE
1791 L'île aux muettes
(Prix du roman d'Aventures 1985)
1795 Pas de quoi noyer un chat
(Prix du Festival de Cognac 1985)
1796 Il court, il court, le cadavre
1800 La rue des Bons-Apôtres

BARNARD Robert
1714 Ah ! quelle famille

BENNETT Dorothea
1765 Deux et deux font trois

BENZIMRA André
1717 Pour te revoir, Jonathan

BRETT Simon
1787 Le théâtre du crime
1813 Les coulisses de la mort
1858 Chambres avec vue sur la mort *(nov. 86)*

BRUCE Leo
1658 Le tueur d'Albert Park

BURLEY W.J.
1762 On vous mène en bateau

CHRISTIE Agatha
(85 titres parus, voir catalogue général)

CLARKE T.E.B.
1724 Meurtre au Palais de Buckingham

DEVINE Dominique
1725 Week-end tragique

ELLIN Stanley
1670 Le compagnon du fou
1682 La puce de Beidenbauer
1702 La douzième statue
1729 La dernière bouteille

EXBRAYAT
(96 titres parus, voir catalogue général)

FERRARS Elisabeth
1704 Les cendres du passé

FERRIERE Jean-Pierre
1732 Un climat mortel

FORESTER C.S.
1706 A deux pas du gibet

GRAYSON Richard
1726 Meurtre sur la butte

GRIMES Martha
1703 Un si paisible village
1848 La belle au bois mourant *(sept. 86)*

GRISOLIA Michel
1838 Les sœurs du Nord
(Prix du Roman d'Aventures 1986)
1846 L'homme aux yeux tristes
1847 La madone noire

GUIBERT Michel
1610 Le vieux monsieur aux chiens
(Prix du Roman d'Aventures 1980)
1705 Et si on tuait Bérénice ?
1716 Le pot-au-feu de Mme da Ponte

HAUSER Thomas
1853 Agathe et ses hommes *(oct. 86)*

HUMES Larry H.
1708 Saut périlleux

JOBSON Hamilton
1763 Pas un mot aux journaux !

LOVELL Marc
1693 Enquête au royaume des morts

McCLOY Helen
1697 Permission de tuer

MONAGHAN Hélène de
1379 La mauvaise part
(Prix du Roman d'Aventures 1975)
1683 Demain six heures

POURUNJOUR Caroline
1746 Des voisins très inquiétants
(Prix du Festival de Cognac 1984)

POWERS Elisabeth
1731 Tout ce qui brille

RENDELL Ruth
1589 Étrange créature
1601 Le petit été de la Saint Luke
1616 Reviens-moi
1629 La banque ferme à midi
1640 Un amour importun
1649 Le lac des ténèbres
1661 L'inspecteur Wexford

1718 La fille qui venait de loin
1747 La fièvre dans le sang
1773 Qui ne tuerait le mandarin?
1806 Son âme au diable

ROUECHÉ Berton
1727 Le crime ne fait pas le bonheur

SALVA Pierre
1570 Des clients pour l'enfer
(Prix du Roman d'Aventures 1979)
1707 Le diable et son train... électrique
1739 Quand le diable ricane
1828 Le diable au paradis perdu

SIMPSON Dorothy
1710 Le secret de Julie

SMITH J.C.
1715 La clinique du Dr Ward

STEIN Aaron Marc
1760 Barbara sur les bras

TANUGI Gilbert
1699 Meurtres en eaux profondes
1709 Le jeune homme assassiné

TAYLOR Elizabeth A.
1810 Funiculaire pour la morgue

TERREL Alexandre
1733 Rendez-vous sur ma tombe
1749 Le témoin est à la noce
(Prix du Roman d'Aventures 1984)
1757 La morte à la fenêtre
1777 L'homme qui ne voulait pas tuer
1792 Le croque-mort de ma vie
1801 Le croque-mort s'en va-t-en bière
1822 Le croque-mort et les morts vivants

THOMSON June
1594 Le crime de Hollowfield
1605 Pas l'un de nous
1720 Claire... et ses ombres
(Prix du Roman d'Aventures 1983)
1721 Finch bat la campagne
1742 Péché mortel
1769 L'inconnue sans visage
1781 L'ombre du traitre

TRIPP Miles
1679 L'attentat du fort Saint-Nicolas
1700 Vol en solo
1790 Tromper n'est pas jouer

UNDERWOOD Michaël
1817 Trop mort pour être honnête
1842 A ne pas tuer avec des pincettes

WAINWRIGHT John
1689 L'homme de loi
1711 Le prochain sur la liste

WATSON Colin
1701 Tempête sur Flaxborough

WYLLIE John
1722 La tête du client
1752 Pour tout l'or du Mali

Les Maîtres du Roman Policier

Première des collections policières en France, Le Masque se devait de rééditer les écrivains qu'il a lancés et qui ont fait sa gloire.

ARMSTRONG Anthony
1859 Dix minutes d'alibi *(nov. 86)*

ARMSTRONG Charlotte
1740 L'étrange cas des trois sœurs infirmes
1767 L'insoupçonnable Grandison

BEEDING Francis
238 Le numéro gagnant

BERKELEY Anthony
1793 Le club des détectives

BIGGERS Earl Derr
1730 Le perroquet chinois

BOILEAU Pierre
252 Le repos de Bacchus *(Prix du Roman d'Aventures 1938)*
1774 Six crimes sans assassin

BOILEAU-NARCEJAC
1748 L'ombre et la proie
1829 Le second visage d'Arsène Lupin
1849 Le secret d'Eunerville *(sept. 86)*

BRUCE Leo
261 Trois détectives
1788 Sang-froid

CARR John Dickson
1274 Impossible n'est pas anglais
1735 Suicide à l'écossaise
1785 Le sphinx endormi
1794 Le juge Ireton est accusé
1799 On n'en croit pas ses yeux
1802 Le marié perd la tête
1843 Les yeux en bandoulière
1850 Satan vaut bien une messe *(sept. 86)*
1863 La maison du bourreau *(déc. 86)*

CRISPIN Edmund
1839 Un corbillard chasse l'autre

DARTOIS Yves
232 L'horoscope du mort

DIDELOT Francis
1784 Le coq en pâte

DISNEY Doris Miles
1811 Imposture

DOYLE Sir Arthur Conan
124 Une étude en rouge
1738 Le chien des Baskerville

ENDRÈBE Maurice Bernard
1758 La pire des choses

FAIR A.A.
1745 Bousculez pas le magot
1751 Quitte ou double
1770 Des yeux de chouette

GARDNER Erle Stanley
1797 La femme au masque

GOODIS David
1823 La police est accusée

HEYER Georgette
297 Pourquoi tuer un maître d'hôtel ?
484 Noël tragique à Lexham Manor

HUXLEY Elspeth
1764 Safari sans retour

JEFFERS H. Paul
1807 Irrégulier, mon cher Morgan

KASTNER Erich
277 La miniature volée

KING Rufus
375 La femme qui a tué

LEBLANC Maurice
1808 Arsène Lupin, gentleman cambrioleur
1819 L'aiguille creuse

LEBRUN Michel
1759 Plus mort que vif

LOVESEY Peter
1201 Le vingt-sixième round
1798 La course ou la vie
1803 Le bourreau prend la pose

MAGNAN Pierre
1778 Le sang des Atrides
1804 Le tombeau d'Helios

MILLER Wade
1766 La foire aux crimes

NARCEJAC Thomas
355 La mort est du voyage
(Prix du Roman d'Aventures 1948)
1775 Le goût des larmes

PALMER Stuart
117 Un meurtre dans l'aquarium
1783 Hollywood-sur-meurtre

PRONZINI Bill
1737 L'arnaque est mon métier

QUENTIN Patrick
166 Meurtre à l'université
251 L'assassin est à bord
1860 Lettre exprès pour miss Grace *(nov. 86)*

ROSS Jonathan
1756 Une petite morte bien rangée

RUTLEDGE Nancy
1753 Emily le saura

SAYERS Dorothy L.
174 Lord Peter et l'autre
191 Lord Peter et le Bellona Club
1754 Arrêt du cœur

SÉCHAN O. et MASLOWSKI I.
395 Vous qui n'avez jamais été tués
(Prix du Roman d'Aventures 1951)

SHERRY Edna
1779 Ils ne m'auront pas

SLESAR Henry
1776 Mort pour rire

STAGGE Jonathan
1736 Chansonnette funèbre
1771 Morphine à discrétion
1789 Du sang sur les étoiles
1809 La mort et les chères petites
1818 Le taxi jaune
1833 Pas de pitié pour la divine Daphné

STEEMAN Stanislas-André
84 Six hommes morts
(Prix du Roman d'Aventures 1931)
95 La nuit du 12 au 13
101 Le mannequin assassiné
284 L'assassin habite au 21
305 L'ennemi sans visage
388 Crimes à vendre
1772 Quai des Orfèvres
1812 La morte survit au 13
1854 Le trajet de la foudre *(oct. 86)*
1864 Le condamné meurt à 5 heures *(déc. 86)*

TEY Josephine
1743 Elle n'en pense pas un mot

THOMAS Louis C.
1780 Poison d'avril

VERY Pierre
60 Le testament de Basil Crookes
(Prix du Roman d'Aventures 1930)

WAUGH Hillary
1814 Cherchez l'homme
1840 On recherche...

Le Club des Masques

BAHR E.J.
493 L'étau

BARNARD Robert
535 Du sang bleu sur les mains
557 Fils à maman

CHEYNEY Peter
6 Rendez-vous avec Callaghan
23 Elles ne disent jamais quand
31 Et rendez la monnaie
41 Navrée de vous avoir dérangé
57 Les courbes du destin
74 L'impossible héritage

CHRISTIE Agatha
(85 titres parus, voir catalogue général)

CURTISS Ursula
525 Que désires-tu Célia ?

DIDELOT Francis
524 La loi du talion

ENDRÈBE Maurice Bernard
512 La vieille dame sans merci
543 Gondoles pour le cimetière

EXBRAYAT
(96 titres parus, voir catalogue général)

FERM Betty
540 Le coupe-papier de Tolède

FERRIÈRE Jean-Pierre
515 Cadavres en vacances
536 Cadavres en goguette

FISH et ROTHBLATT
518 Une mort providentielle

FOLEY Rae
517 Un coureur de dot
527 Requiem pour un amour perdu

GILBERT Anthony
505 Le meurtre d'Edward Ross

HINXMAN Margaret
542 Le cadavre de 19 h 32 entre en gare

IRISH William
405 Divorce à l'américaine
430 New York blues

KRUGER Paul
513 Brelan de femmes

LACOMBE Denis
456 La morte du Causse noir
481 Un cadavre sous la cendre

LANG Maria
509 Nous étions treize en classe

LEBRUN Michel
534 La tête du client

LONG Manning
519 Noël à l'arsenic
528 Pas d'émotions pour Madame

LOVELL Marc
497 Le fantôme vous dit bonjour

MARTENSON Jan
495 Le Prix Nobel et la mort

MONAGHAN Hélène de
452 Suite en noir
502 Noirs parfums

MORTON Anthony
545 Le baron les croque
546 Le baron et le receleur
547 Le baron est bon prince
548 Noces pour le baron
549 Le baron se dévoue
550 Le baron et le poignard
552 Le baron et le clochard
553 Une corde pour le baron
554 Le baron cambriole
556 Le baron bouquine
558 L'ombre du baron
560 Le baron riposte
563 Le baron voyage
565 Le baron est prévenu
559 Le baron passe la Manche
566 Le baron et les œufs d'or
567 Un solitaire pour le baron
569 Le baron aux abois
570 Le baron et le sabre mongol
571 Le baron et le fantôme
573 Larmes pour le baron *(juillet 86)*
574 Une sultane pour le baron *(sept. 86)*
579 Piège pour le baron *(oct. 86)*
580 Le baron risque tout *(nov. 86)*
581 Le baron et le masque d'or *(déc. 86)*

PICARD Gilbert
477 Le gang du crépuscule
490 L'assassin de l'été

RATHBONE Julian
511 A couteaux tirés

RENDELL Ruth
451 Qui a tué Charlie Hatton ?
501 L'analphabète
510 La danse de Salomé
516 Meurtre indexé
523 La police conduit le deuil
544 La maison de la mort
551 Le petit été de la St. Luke
576 L'enveloppe mauve

RODEN H.W.
526 On ne tue jamais assez

SALVA Pierre
475 Le diable dans la sacristie
484 Tous les chiens de l'enfer
503 Le trou du diable

SAYERS Dorothy L.
400 Les pièces du dossier

SIMPSON Dorothy
533 Le chat de la voisine

STOUT Rex
150 L'homme aux orchidées

STUBBS Jean
507 Chère Laura

SYMONS Julian
458 Dans la peau du rôle

THOMSON June
521 La Mariette est de sortie
532 Champignons vénéneux
577 Pas l'un de nous

UNDERWOOD Michaël
462 L'avocat sans perruque
485 Messieurs les jurés
531 La main de ma femme
539 La déesse de la mort

WAINWRIGHT John
522 Idées noires

WATSON Colin
467 Cœur solitaire

WILLIAMS David
541 Trésor en péril

WINSOR Roy
491 Trois mobiles pour un crime

IMPRIMÉ EN FRANCE PAR BRODARD ET TAUPIN
58, rue Jean Bleuzen - Vanves - Usine de La Flèche.
ISBN : 2 - 7024 - 0417 - 0
ISSN : 0768 - 1070

H 52/1167/7